BRAIN G

MW01046454

HORROR
WORD SEARCH
PUZZLES

pil

Publications International, Ltd.

Let's get social!
@Publications_International
@PublicationsInternational
@BrainGames.TM
www.pilbooks.com

Looking for Something Scary?

This book is packed with 70 spooky word search puzzles based on horror films and haunted locations. Unlike typical word search puzzles, these puzzles come with interesting bits of information about the puzzles' subjects. The puzzles are still in a familiar format: Letters are placed in a grid, and the words in the list can be found in a straight line vertically, horizontally, or diagonally. Words may read either forward or backward. One of the most popular ways to tackle a word search is to isolate a letter, scan the lines to find an instance of the letter, then scan the adjoining letters to see if the word can be formed. There are a couple different ways to do this, and puzzle enthusiasts are divided on whether it's more helpful to focus on the first letter of the word or on an uncommon letter. Experimentation can help you grasp the strategy that best suits you. Likewise, searching for double letters can assist in pinpointing a location. So get spooked, learn something new, and give your brain a light workout! And if you need a hint, answers can be found in the back of the book.

The Shining

The Shining is the quintessential psychological horror film, which set the precedent for many mind-bending horror films for decades to come. Directed and produced by Stanley Kubrick, the film is based off of the 1977 Stephen King novel of the same name. In the film, we see Jack Nicholson's character, Jack Torrance, lose his grip on reality under the influence of supernatural forces in the hotel he and his family are caring for during the off season. Stanley Kubrick and actor Shelley Duvall were nominated for two Golden Raspberry Awards, Worst Director and Worst Actress, nominations that have been proven wrong in time due to the movie's lasting effect on pop culture.

ADAPTATION

AX MURDERER

CARETAKER

GOLDEN RASPBERRY (Awards)

HAUNTED

HORROR MOVIE

ISOLATED

JACK NICHOLSON

MENTAL BREAK

NOVEL

PSYCHOLOGICAL HORROR

RAZZIES

REDRUM

SHELLEY DUVALL

STANLEY HOTEL

STANLEY KUBRICK

STEPHEN KING

THE SHINING

TWIN SISTERS

WORST ACTRESS

WORST DIRECTOR

WRITER

```
R Q Y H L U J Z Y M U R D E R A W Y I P
O O S R W E A C Z R E X Y D E T N U A H
R F Y I R R V R O T C E R I D T S R O W
R C W R L E T O H Y E L N A T S Z E K S
O R M R H K B I N U R M V A P B K A T S
H N H S I A B P G N I K N E H P E T S E
L V J Y R T M A S H T U S U R R Q L E R
A J A W Q E E X H A W H K E B L L M E T
C W A K X R T R V V R H E L I A V R E C
I X I C L A O S X A O N A S V Z E G F A
G N S B K C Q I I R A T E U H D Z I J T
O A O B L N Z T R S N D D D R I N A I S
L V L P D Y I O D E N Y A U L J N Q R R
O R A J O R R C M U E I M P H O P I N O
H A T T J M T K H L H X W W T A G H N W
C B E B O D W M L O A M P T N A N G P G
Y J D V A F B E D M L X A O I P T T X L
S A I L P E H S V G Q S D N F A T I G J
P E O Y E S J T P N I Q O Y Q N Y N O E
D X M K C I R B U K Y E L N A T S G X N
```

Answers on page 144.

The Haunted Rock Run Mine

The old furnace and commissary building at the abandoned Rock Run Mine in Alabama is said to still be occupied by miners who were killed at the site when the mine was still in operation. The original building was built in the early nineteenth century, but during the Civil War, Union soldiers burned the building to the ground. The commissary was rebuilt in 1879, and was abandoned in the early twentieth century.

ALABAMA	NINETEENTH CENTURY
ARSON	OLD FURNACE
CHEROKEE COUNTY	REBUILT
CIVIL WAR	ROCK RUN MINE
COMMISSARY	SOLDIERS
DANGEROUS JOBS	THE CONFEDERACY
HAUNTED	THE NORTH
KILLED	THE SOUTH
MINERS	THE UNION
MINES	TWENTIETH CENTURY

```
I R T H E C O N F E D E R A C Y T W J U
O J L G Y R U T N E C H T E I T N E W T
O Y H N S Y A Y C L M J G A B E P A A R
T M R O O E E A R D G V A R S O N I R C
Q H D U M S N H J A V G U E I M R R H D
I Q E T T R Z K J T S O S Q Z K B E J A
I R C S U N A Q H R Z S Y N I U R S T N
C J O F O I E E I F E O I L G O K R L G
F J D C G U U C D S U B L M K X B E H E
A L C O K N T A H H Y E U E M A C N C R
O W F R I R Y H T T D O E I O O L I M O
C K U O L S U R E V N C W Z L S C M A U
P R N O Z O O N S A O E V D O T M F Z S
C A Q J E N B J M U K H E L C W Z J V J
P W W X E M B R N I K T D T L K X U C O
F L D H X X A T J B N I S Z E C W K Y B
W I T X O N Y O H U E E D T N N K R O S
V V F L A F C H A R N N W S E M I U T H
P I R G E G X H S I V H X V Z W G N V Q
T C L M R A P V M H A L A B A M A J X D
```

Answers on page 144.

Candyman

Candyman is a supernatural horror-slasher film series based on Clive Barker's short story "The Forbidden." The original 1992 film depicts a young graduate student studying urban legends who finds her world turned upside down by the "Candyman" legend. Say his name five times in the mirror, and Candyman, the ghost of an artist and son of a slave, comes to get you with his hook.

ADAPTATION

CABRINI GREEN

CANDYMAN

CHICAGO

CLIVE BARKER

DAY OF THE DEAD

FAREWELL TO THE FLESH

FIVE TIMES

GHOST OF AN ARTIST

GRADUATE STUDENT

HOOK FOR A HAND

HORROR FILM

SERIES

SHORT STORY

SLASHER

SON OF A SLAVE

SUPERNATURAL

THE FORBIDDEN

URBAN LEGENDS

```
W V J G L Z L L O X F Q Q V S T N Z F K
H W S B R K N L Q C O B D O H T N S A Z
F O V D A A P O A W F N N L S V U I R D
E X O F N I D F I D C O M I M P S D E C
I C C K U E U U H T F R T V E N G N W C
H A K S F I G E A A A R E R D S R M E M
T N Q J C O S E S T A T N H E N F Y L O
H D E A C C R L L N E A P T S H E I L Z
E Y A E T L A A A N T S I A O A F X T Q
F M B H R V I F H U A L T G D R L O O Z
O A W D E G O V R A H B A U O A F S T W
R N K R N T I A E M N C R R D S T K H E
B D N V S X L N H B I D R U G E I K E W
I D U O W V I H I H A O D V K R N I F D
D C H Z Q Q X H C R H R X L T L J T L U
D G A M V Y F V P S B U K S E I M V E N
E J I Q Y E Y O Y P L A Q E O F W H S L
N H Y R O T S T R O H S C H R X L B H T
N E V S E R I E S G C F I V E T I M E S
S D A Y O F T H E D E A D I Z L M H W M
```

9

Answers on page 144.

The Haunted Historic Anchorage Hotel

Listed in the National Register of Historic Places, the Historic Anchorage Hotel is the only historic hotel in the Alaskan city. The Queen-Anne-style building, which was built in 1916, was considered one of the most elegant places in the city when it opened, hosting dignitaries and celebrities from Will Rogers to Herbert Hoover. But today, it has a reputation for hosting visitors of a supernatural kind. Guests have reported swaying curtains, pictures flying off walls, the sound of laughing children, and ghostly apparitions roaming the hotel hallways.

ALASKA

ANCHORAGE

ANCHORAGE HOTEL

APPARITIONS

DOWNTOWN

ELEGANT

GHOSTS

HAUNTED

HERBERT HOOVER

HISTORIC PLACE

LAUGHING CHILDREN

QUEEN–ANNE–STYLE

STILL OPEN

SWAYING CURTAINS

SYDNEY LAURENCE

WILEY POST

WILL ROGERS

```
T S O P Y E L I W I X Y E B Z W X G S G
A V K L E T O H E G A R O H C N A Y K G
H P U M A C O L U L A M X Q E I L Q Q Q
G V P U V T V Y D S C V A R O V V C U E
R D E A A K W X R Q O T D S S I D E P H
E K O O R R M E Z E C L T K N V E A Q G
D C N W Z I G V S X I G J R I N C F P W
U X N P N O T Z Q H V J F L A Z A T T B
N E A E R T V I C X J A B N T Q L A N W
S C O L R K O G O V C D N S R P P L A Q
I P L E D U N W I N E E A T U V C A G O
Q I M H E I A Y N T S N D I C P I S E D
W M G R H C G L N T C J V L G H R K L Q
A D Y G D H T U Y H U M A L N G O A E H
J Q U F O M A L O E I H P O I C T U A M
E A V S G H E R K Y N Z S P Y H S E P K
L H T V C N A Q Q C V D F E A P I I S W
P S R M I G Q Z Y H W V Y N W S H N F Q
X W N M E N E Q F Y U G R S S U L I X H
T S J H E R B E R T H O O V E R G L H C
```

Answers on page 144.

Videodrome

Videodrome is a science-fiction body horror film written and directed by David Cronenberg, and was Cronenberg's first film to gain Hollywood studio backing. The movie follows the CEO of a television station into madness as he falls under the influence of mind-control programming from a snuff-film broadcast signal. The film is an exceptional display of body horror, like most of Cronenberg's films, with heavy techno-surrealist themes. The film stars Debbie Harry of Blondie fame, and the acclaimed James Woods.

BLONDIE

BODY HORROR

BROADCASTING

CULT CLASSIC

DAVID CRONENBERG

DEBBIE HARRY

HORROR FILM

JAMES WOODS

MADNESS

MENTAL BREAK

MIND–CONTROL

PROGRAMMING

PROVOCATIVE

SCIENCE FICTION

SNUFF FILM

TECHNO–SURREALIST

TELEVISION

VIDEODROME

```
J K A E R B L A T N E M N H T S N M R E
T K O I F Y M T Z P U Q I S F G C X V E
X P T L H O P P S T M O K N S B C I I Q
N M U E J X E D W G R T O Z M E T D Y H
H I G Q C S X A E B S X U Q G A N X N D
U N B N J H H P H B Q L L D C O H D A S
P D Z I I Y N G R T B V P O L C E V A S
Z C E W R T Q O X O L I V B T A I M U M
W O H C O E S S S B G O E B Y D W J H N
E N E S R A L A S U R R H H C M N Y O S
M T O N R M N B C P R M A R A T G I A D
O R Q U O C E M M D L R O M A R S F H O
R O O F H U R K F I A N E T M I R N Q O
D L X F Y F Q H F I E O F A V I X Y V W
O Z F F D M A R T N Z P R E L G N L P S
E P D I O M O Q B Y Z X L B S I X G E E
D W K L B R I E O F X E R M U H S L J M
I R Z M R Y R P R B T O J V C Y Y T X A
V S H O J G Z K C I S S A L C T L U C J
W A H B O Q S C I E N C E F I C T I O N
```

Answers on page 145.

The Haunted Hotel Monte Vista

Located just off historic Route 66 in downtown Flagstaff, Arizona, the Hotel Monte Vista has hosted numerous celebrities since its 1927 opening, including Bob Hope, Esther Williams, and Michael J. Fox. But the hotel is less renowned for its celebrity clientele than for its permanent, and ghostly, residents. Some of the most common sightings are of a woman in a rocking chair in Room 305, and the figure of a bellboy who stands outside Room 210. But most unsettling are the eerie cries of an infant coming from the basement, often heard by hotel staff.

ARIZONA	HAUNTED
BASEMENT	HISTORIC
BELLBOY	HOTEL MONTE VISTA
BOB HOPE	HOTEL STAFF
CELEBRITIES	INFANT CRIES
COCONINO COUNTY	MICHAEL J. FOX
EERIE	ROCKING CHAIR
ESTHER WILLIAMS	ROOM THREE-ZERO-FIVE
FLAGSTAFF	ROOM TWO-TEN
GHOSTS	ROUTE SIXTY-SIX

```
T O D D F D R O U T E S I X T Y S I X R
J U Z N M L R C T O U S K J G U S J H O
T Y I S Z L A S I N Z K N E R E P O J O
F T I A Y J C G Y W E Y E K I V T F O M
X N N K O D H L S K E E S T J E D A Y T
O U F F Q W L C E T A O I U L S Q Z O H
F O A H B H P A R R A R F M B T C Y G R
J C N N K O I C I Z B F O L E H X L M E
L O T T P K B Z C E C N F O L E U I A E
E N C T G C O H L H T Y I J L R N A O Z
A I R V V N S E O E G A S G B W E P C E
H N I T A X C D V P B H T T O I T G L R
C O E G F F O I E J E N S I Y L O T N O
I C S T U M S U N T N W O G G L W S U F
M O Q A C T A O Q K N E H J Z I T K N I
U C F B A S E M E N T U G Z C A M B Z V
W H O T E L S T A F F P A Y I M O T M E
E S X A Y H H E I R E E W H J S O P G W
L O R R O C K I N G C H A I R A R X B T
O J H X C I R O T S I H A Q J Z N A W B
```

Answers on page 145.

The Haunted Boot Hill Cemetery

The small, quaint town of Pioche, Nevada, is a peaceful home to around 1,000 people. But in the 1870s, it was a silver mining boomtown known for its gunfights. In fact, it is said that between 1871 and 1872, 60 percent of the homicides in the state were committed in Pioche. And the gunfighters who "died with their boots on" were laid to rest at the local Boot Hill Cemetery. With the town's history of violence, it's no wonder that many believe the souls of those in the cemetery are restless.

BOOMTOWN	NEVADA
BOOT HILL CEMETERY	OUTLAWS
GUNFIGHTS	PIOCHE
HAUNTED	QUAINT
HIGHEST CRIME RATE	REST IN PEACE
HISTORY OF VIOLENCE	RESTLESS
HOMICIDES	SHERIFFS
LAID TO REST	SILVER MINING
LOST SOULS	UNPEACEFUL

```
R E S T I N P E A C E I S O S W L A T G
W M Y R E F L Y X H B H I I J O Z O B E
V V R E H T L V H E G R L E S Q O O C K
J R E S O E A C B Q Q V H T N C E N A H
U J T T R N P R Q K E Y S V X G E M D T
E P E L Z V G Z E R U O A V Z L X Z A E
L I M E V X K P M M U N T I O U O V V Q
W O E S O G H I V L I O P I C K N C E T
M C C S T K N U S O N R V E D Q R K N P
F H L Z O I H O D T N F C L A I C L J C
L E L Z N V C S N X O S S T A C O O F A
A B I G R D V I A Y S F E R S U E M M D
I W H I K R A R R T F E A D T E U F J K
D H T A G U B O H I K X Z L I E H O U P
T X O I Q S T G R O X X A V F C X G A L
O E O V B S I E Q T L W F Z E L I Y I T
R W B P I F H E F W S X G D F H L M Y H
E O B H N S F W M J D E T N U A H Z O L
S K E U B Q S P H Q D B O O M T O W N H
T W G R Y G E D X M E D I A D L R U U H
```

17

Answers on page 145.

It

It is the title of a miniseries and two part film adaptation based on the 1986 horror novel of the same title by Stephen King. But *It* is really titled after the story's titular antagonist It, an ancient, trans-dimensional evil being who preys upon children in Derry, Maine. As the story goes, every 27 years, It comes out from the sewers shapeshifted in the disguise of Pennywise the Dancing Clown to lure children for him to eat. It can shape-shift, alter reality, and remain invisible to adults all in order to stoke the worst fears of children not just in Derry, Maine, but the world over. With the recent film adaptations, *It* has never been more terrifying.

ANCIENT

CHILDREN

DERRY

EVIL

FILM ADAPTATION

HORROR

IT

LOST INNOCENCE

MAINE

MINISERIES

NOVEL

PENNYWISE

SEWER

SHAPESHIFTER

STEPHEN KING

SUPERNATURAL

TERRIFYING

THE BOWERS GANG

THE DANCING CLOWN

THE LOSERS CLUB

TRANS–DIMENSIONAL

TWENTY–SEVEN YEARS

WORST FEARS

X S R E T F I H S E P A H S B D Z B S R
F W S W L Y F G P V U A P H E Q G T E T
I I P S R A E Y N E V E S Y T N E W T H
L J N D T R N C S E N I A M T F E W R E
M Z H V Q N D O N H A N O Z Q S R J S D
A M I N I S E R I E S I Y E Z X S V Y A
D K S Z F B L I S S C P P W I X F D V N
A B G L Y N S W C T N O N Q I C T W Q C
P U N O O O S L V N E E N M H S H K E I
T L I A B V P L A M A P M N D S E S W N
A C Y G X E H K U R H C H I I Y R S U G
T S F B N L V E Z N U O M E D T Y P T C
I R I L M J L L R P T T R K N S S I S L
O E R E Q I Z D T R W Y A R V K N O D O
N S R E Q J E L H B T M F N O O I A L W
O O E A R R B B G B U Y R V R R E N R N
R L T U R R N G Y I M E Q K A E U S G T
B E O Y O E V I L D Q A W U K G P U Y X
M H U R O I J N K N E R D L I H C U Y K
Y T D T H E B O W E R S G A N G Q Q S Y

Answers on page 145.

The Haunted Skirvin Hotel

The oldest hotel in Oklahoma City, the Skirvin Hilton Hotel opened in 1911 and is listed in the National Register of Historic Places. The hotel spans three 14-floor towers, which were constructed in an Art Deco architectural style. Legend says that the original owner of the hotel, W.B. Skirvin, had an affair with a maid, who later killed herself and their illegitimate child by throwing herself from a tenth floor window. Staff and guests frequently complain of noises, slamming doors, and moving objects, especially on the tenth floor.

AFFAIR

ART DECO

FOURTEEN FLOORS

GHOSTS

HAUNTED

HILTON OWNED

HISTORIC PLACE

HOTEL

HOTEL OWNER

ILLEGITIMATE CHILD

KILLED HERSELF

NATIONAL REGISTER

OKLAHOMA

OKLAHOMA CITY

OLDEST HOTEL

SHORTLY ABANDONED

SKIRVIN HOTEL

SLAMMING DOORS

STAFF SIGHTINGS

STRANGE NOISES

W.B. SKIRVIN

```
S P S S Y I A O K L A H O M A C I T Y E
R M L E S E F O K L D V Z N A H K Z C B
O U A S H C K H A U N T E D X O I K N H
O V M I O A T F J Y A R Q L W T L W U N
L N M O R L I Q O H R E L I H E L D X E
F O I N T P O I P O Y T C H P L E E A V
N S N E L C L J L T Q S U C X O D N V J
E T G G Y I D J P E Q I Z E N Z H W C B
E A D N A R E D E L I G W T U A E O A B
T F O A B O S H K O O E B A A M R N Y H
R F O R A T T N F W S R S M C O S O G Z
U S R T N S H A W N T L K I D H E T R Z
O I S S D I O R Z E S A I T X A L L S P
F G A X O H T T G R O N R I R L F I M Q
W H U D N Q E D F O H O V G M K R H O P
H T M F E H L E C R G I I E N O T R T R
X I K Z D H I C S W P T N L R I A F F A
I N N E A L K O J F W A W L A G G K W R
L G K X Y X V S M Q B N T I U D W D Q T
F S Z M D B L E T O H N I V R I K S X G
```

Answers on page 146.

The Haunted Bird Cage Theater

The Bird Cage Theater in Tombstone, Arizona, is famous not so much for its performances, but for hosting the longest continuous poker game in history. Played around the clock from 1881 to 1889, the game was attended by the likes of Doc Holliday and Wyatt Earp. With such regular patrons, perhaps it's no surprise that 26 people were known to have died within the theater over the course of its operation, and many of them stuck around. Today, visitors report hearing phantom piano music, and see apparitions of everything from prostitutes to cowboys.

APPARITIONS	MINERS
ARIZONA	O.K. CORRAL
BIRD CAGE THEATER	OUTLAWS
BOOTHILL CEMETERY	PHANTOM MUSIC
COCHISE COUNTY	PROSTITUTES
DOC HOLLIDAY	REST IN PEACE
GHOSTS	SILVER MINES
GUNFIGHTS	TOMBSTONE
HAUNTED	TWENTY-SIX DEAD
LONGEST POKER GAME	WYATT EARP

```
M Q X T K P H A N T O M M U S I C D S E
U U K C B C K S K H N H O R T R Z E Y G
O S J C I I K S L M V T T E X N C T B
L N U Z R L A R R O C K O S U I F O N T
G O Y E D W Z N Z J K A T Y M C B S U V
H I V D C N J E B Z S I D R V O E E O K
X T I L A Y B O Z C N A E W O T A N C X
E I S D G U A C Y P E V Y T U X L O E H
X R S R E N I M E D L A H T H S G T S U
A A Q E T Q E A X I T I I Q T V S S I N
R P F H H B C I S T L T K S W R V B H X
I P L M E E S A E L S W O N D A V M C V
Z A S I A Y O A C O H H F V L W E O O V
O A A R T J R E R L G U P V U G P T C U
N L T N E P M P C G S S W A L T U O E C
A A E R R E Y A D I L L O H C O D J L K
H W X M T L L T K A Z P A A R O F T A V
T G J E L V X B V Q W W H A U N T E D Q
U J R L O N G E S T P O K E R G A M E G
Q Y R Z V O P T O G U N F I G H T S Z N
```

The Haunted Hoover Dam

Dedicated by President Franklin D. Roosevelt in 1935, Hoover Dam sits on the Colorado River on the border of Nevada and Arizona, where it supplies hydroelectric power over a three-state span. Construction of the dam was a huge undertaking, and more than 100 workers lost their lives from falling, drowning, or other accidents. The dam, which is open for tours, is said to be haunted. Visitors report hearing footsteps and crying, and many have seen apparitions of men in old-fashioned work clothing.

APPARITIONS

ARIZONA

COLORADO RIVER

CONSTRUCTION WORKERS

CRYING

DROWNING

FALLING

FOOTSTEPS

FRANKLIN D. ROOSEVELT

GHOSTS

HAUNTED

HOOVER DAM

INTERSTATE ELEVEN

LAKE MEAD

NEVADA

ONE–HUNDRED DEAD

OPEN FOR TOURS

SEVERAL ACCIDENTS

U.S. ROUTE NINETY–THREE

```
Q F C B A P H R X S R D S B J L E S X T
Q I U O O C H D U I D J O X V C E S S L
A N E W L K A B E A L T K B X V C R R E
N S N E W O O S E T A I B H E Y E U G V
O E N J R D R M Y D N S M R E K T O C E
N T C O S H E A A B M U A A R V W T I S
E Y Z I I K T V D C W L A O P F S R W O
H H G R A T E Y J O A Z W H O G T O H O
U O O L I N I Y T C R N R O Y U S F X R
N U J W N G I R C E O I T F L W O N B D
D E I K E A G I A I N S V B Z A H E D N
R H E S Q N D H T P T I O E R I G P R I
E E C P W E W C W E P F N I R Q Q O O L
D A G R N Y U U P V C A Z E R Z V I W K
D Q G T Y R N S J A W O L Z T K Z I N N
E C S Z T I M L Z Z N I D X H U M R I A
A I M S L Z N M H A U Z J G B Q O O N R
D I N V U H T G U F A L L I N G R R G F
V O I N T E R S T A T E E L E V E N S X
C H O O V E R D A M Y I N A P J I M Q U
```

 Answers on page 146.

The Haunted Bullock Hotel

Located in downtown Deadwood, South Dakota, the Historic Bullock Hotel is named after the town's first sheriff, Seth Bullock. Bullock lived in Deadwood from 1876 until his death in 1919, and he built the hotel, the first in the town, in 1894. Today, the hotel is much the same as it was during Bullock's time, and many believe the sheriff still oversees his hotel. Staff and guests have noticed items moving on their own, showers that turn on and off by themselves, and the feeling of a presence on the second and third floors.

APPARITIONS

BULLOCK HOTEL

CAREFULLY RESTORED

CASINO

DEADWOOD

DOWNTOWN

FIRST HOTEL

GHOST HUNTERS

GHOST PLAYS HOST

GHOSTS

GHOST TOURS

HARDWARE STORE

HAUNTED

HISTORIC

MULTIPLE SIGHTINGS

RESTAURANT

SETH BULLOCK

SIXTY-THREE ROOMS

SOL STAR

SOUTH DAKOTA

TEDDY ROOSEVELT

THREE-STORY

TOWN'S FIRST SHERIFF

```
T H R E E S T O R Y O F Y P X P A F D O
A Z K Y Z R T N A R U A T S E R G C E N
R U V C R A T S L O S V Z K S J H V R I
L H S V O K L A U D B F W I C L O O O S
A E A G L L U E I C Y R X T P G S S T A
V H T R N B L D T A V T E G Y V T N S C
H U A O D I O U S O Y P D J Z L P O E K
U O C L H W T Y B T H Q C N Y M L I R E
E H O I N K A H H H I T U A V Q A T Y T
X C M T R J C R G S T G S Q S A Y I L L
X T O R P O E O I O E B R L L S R L B
U W X M N E T O L S S U S J I U H A U D
N X L E R I V S P L T E T N O F O P F E
G T W O W X A Z I Z U O L H J O S P E A
H K O R G P W H T H U B R P D D T A R D
O M S R U O T T S O H G H E I A B D A W
S H A U N T E D M V W E U K G T K L C O
T G H O S T H U N T E R S G S U L O C O
S O V T E D D Y R O O S E V E L T U T D
F F I R E H S T S R I F S N W O T T M A
```

Drag Me to Hell

Drag Me to Hell is a supernatural horror film directed and co-written by horror great Sam Raimi (*Evil Dead, Evil Dead II*). The movie follows a young banker, Christine Banker, who unfortunately has to deny an elderly Roma woman an extension on her loan. The elderly woman pleads and pleads, but is refused. Christine is cursed by the Roma woman and begins to hallucinate horrible visions. A spiritual adviser tells Christine that the demon Lamia will haunt her for three days before she is dragged to hell by the demon. She does what she can to stop the curse, but the forces at work are too great for her to overcome.

CHRISTINE BANKER

CORPORATISM

CURSED

DEMONS

DRAG ME TO HELL

ELDERLY WOMAN

FOLKLORE

HALLUCINATIONS

HAUNTING

HEX

HORRIBLE VISIONS

LAMIA

LOAN FORGIVENESS

POSSESSION

SAM RAIMI

SPIRITUAL ADVISER

SUPERNATURAL

THREE DAYS

```
R N C Y N N T S N A V J J W O J A N F Q
S S E N E V I G R O F N A O L J R M D H
U H F F O L K L O R E V J L W E S H S A
V U S W A K Z G Y Q C L A V S X N V R L
M Q K I N K D E J W K R D I F E O V O L
Y S M B U L M E G O U Y V Y N H I P U U
N A I R B O X J M T Y D E S Y C S K J C
L P A T H B O J A O A F C M H N I N J I
C I O K A Y D N L L N C S R O D V A M N
U Z R S O R R A G S S M Z O E M V A
R D R R S E O U A Y Q T I N V H L O B T
S S L P P E T P A G I V X B A L B W U I
E O D U I I S D R N M P R U V K I Y N O
D I S N R M E S E O O E N N W I R L S N
C X P I P E I B I S C T T A J H R R P S
D V P L R O A A R O I Y O O N T O E N I
U S K H R N E E R N N L D M H F H D J R
O K T B K J Y U G M J I O E K E K L W G
F N Z E T C M F K J A F Y Z D K L E G B
X Y R N O X U T C Z X S K K A A Y L J G
```

The Haunted Battery Point Lighthouse

Ghost hunters say three ghosts haunt the 160-year-old Battery Point Lighthouse in Crescent City, California. Caretakers report an empty moving rocking chair, footsteps moving along the lighthouse's stairway, and other paranormal happenings. The lighthouse remains open and available for public tours.

BATTERY POINT
(Lighthouse)

CALIFORNIA

CALIFORNIA HISTORIC
(Landmark)

CARETAKER

CRESCENT CITY

DEL NORTE COUNTY

FOOTSTEPS

GHOST HUNTERS

GHOSTS

HAUNTED

HISTORIC PLACE

ISLET

ISOLATED

ISTHMUS

LOST AT SEA

NATIONALLY REGISTERED

PACIFIC OCEAN

PARANORMAL

PUBLIC TOURS

ROCKING CHAIR

STAIRWAY

U.S. LIGHTHOUSE SERVICE

```
Y Y X E Y D S G Q C G V K U G T I W H Q
H A U N T E D L O I P B N S E L B S B N
D S L K M R O H H R Z M A L G B C R C F
P J A Z H E A I J O R G S I W A P E B Q
U U M N Y T T S O T I I D G M T E T T O
B X R A T S S T D S Y J G H R T R N O T
L F O E I I O O E I C X R T X E O U U I
I O N C C G Y R T H A A O H O R C H T N
C O A O T E I I A A L E M O V Y K T G U
T T R C N R J C L I I S S U R P I S H W
O S A I E Y Z P O N F T U S I O N O O S
U T P F C L Z L S R O A M E Y I G H S T
R E H I S L A A I O R T H S W N C G T A
S P P C E A V C S F N S T E E T H K S I
W S E A R N J E M I I O S R N P A G G R
Z N U P C O V H S L A L I V F X I J N W
R S D T S I F S N A D K L I A L R J O A
N U C R Q T M G O C Z V O C B U U W I Y
I F S V L A D E L N O R T E C O U N T Y
J B F E J N M C A R E T A K E R Z X V H
```

31

Answers on page 147.

The Haunted Stanley Hotel

No list of scary places would be complete without The Stanley Hotel in Estes Park, Colorado. The inspiration for Stephen King's classic, *The Shining*, the hotel was opened in 1909 as a health resort catering to sufferers of tuberculosis. By 1974, the hotel was a shadow of its former Victorian splendor, but the popularity of *The Shining* gave it new life. But King wasn't the first to find the hotel unsettling; ghostly activity, including shadowy figures, flickering lights, and phantom music, have been reported in every room of the hotel since at least 1940.

COLORADO

ESTES PARK

EVERY ROOM

FLICKERING LIGHTS

GHOSTS

HAUNTED

HEALTH RESORT

HISTORIC

PARANORMAL

PHANTOM MUSIC

PRESERVED

SHADOWY FIGURES

STEPHEN KING

THE SHINING

THE STANLEY HOTEL

TUBERCULOSIS

VICTORIAN

```
H F P H K Q N D E V R E S E R P D V B T
X W S T E P H E N K I N G V C W U A P J
S B Q S S I S O L U C R E B U T J J Y S
W H P L K H H G F A R B S W S K C D T V
F L E W V I C T O R I A N S A I T H Q D
M N Q P A R A N O R M A L P S H G S L J
M R Q J V H U Q R I Q Q O U E I H Z G F
Y E S T E S P A R K L G M S L A E S A G
Z N K K U E L J F O K M T G D W H C N G
T E P I A H N Z C O O A N O H I U D W N
K V A H P N V O H T N I W S S T M Z B I
S E O R H F L C N L R Y D T T X M S E N
F R C D Z O I A E E F J O E J R S R T I
W Y I O R T H Y K I Z R K J T C Q T C H
F R V A P P H C G K I S G T F N I I Q S
E O D O L O I U G C G T Y X Q R U R F E
H O H U T L R N T R O S E R H T L A E H
U M I E F E Y P L M Q O M N K P Z D H T
W U L O S C E Z V F N H J P H H N G P U
Z T M Y F G S F H T O G J W L I C L E I
```

Answers on page 147.

Paranormal Activity

Paranormal Activity is a supernatural horror film written, directed, and produced by Oren Pelo. The movie was Pelo's first foray into movie making and made a splash on the scene with the movie's found-footage conventions. First released as an independent film, it was picked up by Paramount Pictures and re-released in 2009. The film tells the story of a young couple trying to figure out what is going on in their new home. The couple sets up a camera in their house to document the happenings and the horror then unfolds in front of the camera. First filmed for $15,000 and remade by Paramount for $200,000, the film made $194 million in worldwide box-office sales.

ALTERNATE ENDINGS	OUIJA BOARD
DIRECTORIAL DEBUT	PARAMOUNT
EVIL PRESENCE	PARANORMAL ACTIVITY
FOUND FOOTAGE	RE–RELEASED
GHOST STORY	REMADE
HOME SURVEILLANCE	SUCCESSFUL FRANCHISE
HORROR FILM	SUPERNATURAL
INDEPENDENT FILM	WRITTEN AND DIRECTED (Oren Pelo)
OREN PELO	

```
Z V T U B E D L A I R O T C E R I D N W
U O Z L F O U N D F O O T A G E C Y S R
G O Y Y D E S A E L E R E R R H T U M I
C D N Y B R C O X L S V A J O I C H P T
O W M E U J U V H Q I T I M V C M S Y T
P B B D V R T G R L W X E I E L O G U E
A S D L H X K Z P O V S T S I U H N D N
R P J T P Z V R L T U C S F I Y G I W A
A H U O Y S E E E R A F T J X Y S D M N
M U P M S S P A V L U N A H R K U N L D
O U L I E N N E A L E B A O L G P E I D
U T Y N E L I M F D O Z T L P I E E F I
N L C R J L R R N A B S P L Z D R T R R
T E O Y L O A E R I T A E D G O N A O E
U S L A N N P D B S X D D F L I A N R C
I A N A C E M U O W A O A S U J T R R T
I C R H D R L H O R N F M A V L U E O E
E A I N B F G A Z V H L E L W D R T H D
P S I Y O G I D Q I R S R B D P A L E L
E X X A Q M G E I Y P E M I D E L A J S
```

Answers on page 147.

The Haunted Arlington Resort and Spa

With 500 rooms and suites, the Arlington Resort Hotel and Spa in downtown Hot Springs, Arkansas, is the largest hotel in the state. Visitors to the famous mineral waters of Hot Springs National Park have frequented the hotel since 1875; Al Capone once stayed in Room 443. Today, guests in The Capone Suite, as it is now known, often smell cigar smoke in the non-smoking room. But the occurrences in Room 824 are even more unsettling, with visitors reporting flickering lights, items flying off shelves, and a bathroom faucet that turns on and off.

AL CAPONE

ARKANSAS

ARLINGTON RESORT

BARBARA STREISAND

BATHHOUSE ROW

BILL CLINTON

CELEBRITY CLIENTELE

CIGAR SMOKE SCENT

FIVE-HUNDRED ROOMS

FLICKERING LIGHTS

FLYING OFF SHELVES

FRANKLIN ROOSEVELT

GHOSTS

HARRY TRUMAN

HAUNTED

HOT SPRINGS

HOT SPRINGS NATIONAL (Park)

HOTEL

LARGEST HOTEL (in Arkansas)

MINERAL WATERS

PARANORMAL

ROOM EIGHT-TWO-FOUR

ROOM FOUR-FOUR-THREE

SCARED VISITORS

SPA

THE CAPONE SUITE

YOKO ONO

```
L A N O I T A N S G N I R P S T O H G I
W O R E S U O H H T A B X G H O S T S P
Y O K O O N O H A U N T E D N V P W J C
R O O M E I G H T T W O F O U R M M D E
I U S E V L E H S F F O G N I Y L F N L
R P N Q G Q X S A S N A K R A A A W A E
U S M O O R D E R D N U H E V I F D S B
U I B T N E C S E K O M S R A G I C I R
H O T E L M L E T O H T S E G R A L E I
R D O R P A R L I N G T O N R E S O R T
E Q E S G N I R P S T O H U F J T A T Y
S N B I L L C L I N T O N W R F H P S C
Q R O O M F O U R F O U R T H R E E A L
P C E P S R O T I S I V D E R A C S R I
Y U K A A N A M U R T Y R R A H E Y A E
U W F L I C K E R I N G L I G H T S B N
M M N Y B E L L A M R O N A R A P C R T
S P A T H E C A P O N E S U I T E L A E
T L E V E S O O R N I L K N A R F M B L
M I N E R A L W A T E R S B S C D G O E
```

37

Answers on page 148.

The Haunted Allen House

Arkansas businessman Joe Lee Allen lived in his 1900s Queen-Anne home in Monticello, Arkansas, until his death in 1917. Joe Lee Allen died of a heart attack at the age of 54. In the late 1940s, Allen's daughter, LaDell Allen, died in the house after consuming cyanide. The room where LaDell died was sealed off for nearly 40 years. The house was later turned into apartments; the apartment tenants subsequently reported hearing unusual sounds and seeing shadowy figures.

APARTMENTS

ARKANSAS

BUSINESSMAN

CADDYE ALLEN (Mother)

CYANIDE

DEVELOPED

DIED

FAMILY HOME

HAUNTED

HEART ATTACK

JOE LEE ALLEN (Father)

LADELL ALLEN (Daughter)

LEWIE ALLEN (Daughter)

LONNIE ALLEN (Daughter)

MANSION

MONTICELLO

PARANORMAL

QUEEN–ANNE–STYLE

REST IN PEACE

SHADOWY FIGURES

SUICIDE

THE OLD ALLEN HOUSE

UNUSUAL SOUNDS

```
E D C A D D Y E A L L E N O O J M B A K
L A E C A E P N I T S E R A U C M I Z S
Y R O E Q L A D E L L A L L E N V N W U
T W W X T S D N U O S L A U S U N U W I
S J Z Z B P R U D O L L E C I T N O M C
E Z X D R W L E W I E A L L E N F E T I
N O O E U S E R K D E D I N A Y C E Y D
N U I I D H F A M I L Y H O M E Y F F E
A J M D E A N P A R M A M T T H V I I I
N O V T V D E J P S A X O A T Y K O H N
E E T H E O L D A L L E N H O U S E A L
E L O J L W L A R X E N T P W H A M I Y
U E S T O Y A E T G G T T L A R S R N E
Q E A P P F E C M T N Q K U T S O O H A
R A S R E I I T E D W X N A E N I N A M
Q L N T D G N B N Z B T T N L S N J I S
D L A K W U N C T C E T I K N P H G K E
C E K T Z R O Z S D A S J A K K D Y Y Z
V N R R U E L O X C U B M M Q V H Q T G
J Y A P T S H Y K B P A R A N O R M A L
```

Answers on page 148.

The Haunted Alcatraz Island

At times a military fort, a maximum-security prison, and the site of a months-long Native American protest, Alcatraz Island has a complex history. Now managed by the National Park Service, this island in San Francisco Bay is open to tours. As the former home to some of the most notorious criminals in history, including Al Capone and Arthur "Doc" Barker, it's no wonder that Alcatraz is considered one of the most haunted places in the nation. Voices, screams, sobs, and clanging doors are sometimes heard, and guests have even reported seeing an "entity" with glowing red eyes.

ALCATRAZ ISLAND

CALIFORNIA

FEDERAL PENITENTIARY

GHOSTS

HAUNTED

HISTORICAL

INMATES

ISLAND

LA ISLA DE LOS
(Alcatraces)

LIGHTHOUSE

MAXIMUM–SECURITY
(Prison)

MILITARY FORT

MOST HAUNTED
(in the Nation, Possibly)

NATIVE AMERICANS

PHANTOM SCREAMS

PROTESTS

RED–EYED ENTITY

SAN FRANCISCO

SAN FRANCISCO BAY

THE ISLAND OF THE
(Pelicans)

TOURIST ATTRACTION

```
G O J O C L Y T I T N E D E Y E D E R T
T J F S A N F R A N C I S C O B A Y C N
F E D E R A L P E N I T E N T I A R Y O
N I E C D E T N U A H T S O M Y Z E A I
D A H U M L A I S L A D E L O S J F D T
W H T H Y A B N G C A I N R O F I L A C
S T D I X B X S S S T W U U Z G O T R A
M B R N V Y S I T A E V Z H O H L H N R
A K U O A E T P M S C T V O N O W E L T
E L R D F L A I D U E H A T P S U I I T
R A G F N Y S M L H M T Q M G T G S G A
C C Q U B L R I E G H S O P N S K L H T
S I Y U A S W A Z R G A E R I I V A T S
M R P N A F Z N T A I G U C P U V N H I
O O D B E Z S P P I R C G N U E K D O R
T T A Q Z B E F G N L T A F T R R O U U
N S H U I I B Y I M Y I A N Q E I F S O
A I N W T Q P X H X L B M C S A D T E T
H H Q E G V I O D K R L O U L X R H Y P
P O C S I C N A R F N A S E W A G E X E
```

41

Answers on page 148.

The Haunted St. Elmo Ghost Town

St. Elmo, Colorado, was founded in 1880 as a mining town. For four decades, nearly 2,000 people called the town home, but in the early 1920s, the mining industry declined, and the population dwindled. Today, a handful of people still live in St. Elmo, but for the most part, the ghost town is an empty shell of its former self. And no ghost town would be complete without a ghost or two; St. Elmo's most famous spirit is Annabelle Stark, a former resident who is now often seen gazing from the upstairs window of a hotel.

ANNABELLE STARK

CHAFFEY COUNTY

CLOSED DOWN

COLORADO

DENVER, SOUTH PARK, (and Pacific Railroad)

GHOST TOWN

GOLD PROSPECTORS

HISTORIC DISTRICT

LOW POPULATION

MARY MURPHY MINE (Most Successful in the Area)

MINING TOWN

SALOON

SAWATCH RANGE

SILVER PROSPECTORS

ST. ELMO

TOWN HALL

TOWN JAIL

UPSTAIRS WINDOW

S B E B Z L Y V W L Q N S U Q W A K G X
P R K L B J N Z J X W N P E B B R J I N
U L O Y S G L Q B O R S M I S A O H G D
N L A T V T O C D X T P G L T C I O M L
N H L V C P E D C A H I M S I L L X S D
R S J A I E E L I D Z I E M O D T Y A E
S V V C H S P R M J N L C W P E C T W N
H D D V O N S S N O L S P R B O F N A V
P C A L O W W I O E M O O N Z D C U T E
M G C O I R G O B R P S W R T A Q O C R
B H L N S O R A T U P O D O C R Q C H S
P A D D Y T N E L E T R W X B O H Y R O
S O G P N N W A C T J N E H E L D E A U
W C R A A D T T S P J U Q V L O Y F N T
L A P R H I O O B A R X S J L C G F G H
Y O N E O R H J I U Y A F F U I A A E P
Z T Z N S G X L M K Y T L R Y H S H U A
T C I R T S I D C I R O T S I H Z C B R
Y N E N I M Y H P R U M Y R A M A X M K
B O X T U P F G D N W O T G N I N I M E

Answers on page 148.

The Omen

The Omen is a supernatural horror film released in 1976. The movie follows a young child, Damien Thorn, as a series of mysterious events and violent deaths begin to happen around him and his family. Damien, who was replaced at birth by his father, Robert, without his mother knowing, is soon suspected to be the Antichrist. After investigating the boy's biological family and birth, Robert is increasingly convinced that his son is truly the Antichrist. After finding the mark of the beast on Damien, Robert attempts to kill the child on hallowed ground but is first shot by the police. Damien survives, and the story ends with an uneasy feeling.

ACADEMY AWARD WINNER

ADOPTED

ANTICHRIST

BEST ORIGINAL SCORE

DAMIEN THORN

DAMIEN: OMEN II (1978)

DAVID SELTZER (Writer)

EVIL ENTITY

FRANCHISE

HALLOWED GROUND

MYSTERIOUS EVENTS

OMEN III: (The) FINAL CONFLICT (1981)

OMEN IV: THE AWAKENING (1991)

RICHARD DONNER (Director)

SIX–SIX–SIX

SUPERNATURAL

SWITCHED AT BIRTH

THE MARK OF THE BEAST

THE OMEN (1976)

VIOLENT DEATHS

```
O A X I S D N U O R G D E W O L L A H T
V M C E S U E G N O I U T C D C R D R H
E G E A R W P T H E V G R I T Q E A T E
V V N N D O I E R Y M X X G K Y N V S M
U I I I I E C T R O G O V S D N N I I A
L L O L N I M S C N V Y E K M Y O D R R
D A O L E E I Y L H A M Q H C T D S H K
E K H L E N K F A A E T Q E T U D E C O
N S R B G N T A I W N D U D P R R L I F
S Z I T N T T I W N A I A R V E A T T T
L Y M H I J X D T A A R G T A S H Z N H
Z J X W C S N D E Y E L D I B L C E A E
N R O H T N E I M A D H C W R I I R A B
B U F W O T A S I R T L T O I O R O Q E
I C Q U P U O R D T V H N V N N T T O A
O Z Q O P A A I F J P L S D I F N S H S
M X D X J D E O K S U J D Q K N L E E T
D A M I E N O M E N I I J I M W E I R B
V E Z C Q I B R X I S X I S X I S M C Y
M Y S T E R I O U S E V E N T S F P O T
```

45

Answers on page 149.

Bram Stoker's Dracula (1992)

Bram Stoker's Dracula is a 1992 gothic horror film directed and produced by Francis Ford Coppola, based on the 1897 epistolary novel. Featuring a star-studded crew with Gary Oldman as Dracula, Winona Ryder as Mina Harker, Keanu Reeves as Jonathan Harker, and Anthony Hopkins as Professor Van Helsing, the film won three Academy Awards for Best Costume Design, Best Sound Editing, and Best Makeup, while also being nominated for Best Art Direction. The story feels as old as time, and the movie will have a lasting impact for decades to come.

ACADEMY AWARD WINNER

ADAPTATION

ANTHONY HOPKINS

BEST ART DIRECTION

BEST COSTUME DESIGN

BEST SOUND EDITING

BRAM STOKER'S DRACULA

COMMERCIAL SUCCESS

COUNT DRACULA

CRITICALLY ACCLAIMED

EPISTOLARY NOVEL

FRANCIS FORD COPPOLA
(Writer and Director)

GARY OLDMAN

GOTHIC HORROR

KEANU REEVES

OTTOMAN EMPIRE

PROFESSOR VAN HELSING

ROMANTIC–HORROR

TRANSYLVANNIA

VLAD THE IMPALER

WINONA RYDER

```
A A L O P P O C D R O F S I C N A R F R
C L S N I K P O H Y N O H T N A B P Y S
R U C U R N L A F L M D W D V G E R T N
I C O O E B O K Q J Q A K D R I S O L G
T A M T N E S I D B E R W R N R T F E I
I R M C N S E T T P O E I I U O S E V S
C D E S I T V E I A T L N N Z R O S O E
A S R G W A E A G G T A O G Y R U S N D
L R C A D R E L O Y O P N U S O N O Y E
L E I R R T R U T U M M A A N H D R R M
Y K A Y A D U C H O A I R D C C E V A U
A O L O W I N A I Q N E Y F A I D A L T
C T S L A R A R C T E H D V G T I N O S
C S U D Y E E D H N M T E H I N T H T O
L M C M M C K T O X P D R S W A I E S C
A A C A E T I N R H I A F I P M N L I T
I R E N D I X U R L R L T T T O G S P S
M B S D A O M O O F E V C B I R Q I E E
E E S J C N R C R Y L R O I X H R N Y B
D V T R A N S Y L V A N N I A P U G W T
```

Answers on page 149.

The Haunted Seaside Sanitorium

In the 1930s, it was common for those infected with tuberculosis to visit "sanatoriums" for treatment. Seaside Sanatorium in Waterford, Connecticut, was the first such clinic specifically created to treat children. The building was later used as an elderly home and a hospital specializing in the treatment of mental disabilities. Closed and abandoned since 1996, the building now resides in a state park, but its dark history has left an imprint. Visitors have heard children's laughter and seen the abandoned playground equipment move of its own accord, lending an eerie atmosphere to this former hospital.

ABANDONED

ATLANTIC OCEAN

BLOCK ISLAND SOUND

CHILDREN'S HOSPITAL

CONNECTICUT

DARK HISTORY

ELDERLY HOME

HARKNESS MEMORIAL (State Park)

HAUNTED

INFECTED PATIENTS

LONG ISLAND SOUND

NEW LONDON COUNTY

PHANTOM CHILDREN

SEASIDE GERIATRIC (Hospital)

SEASIDE POINT

SEASIDE SANITORIUM

SEASIDE STATE PARK

THE SEASIDE

TUBERCULOSIS

WATERFORD

```
T F M L A T I P S O H S N E R D L I H C
R R X E L D E R L Y H O M E X W A A N S
X P H A N T O M C H I L D R E N V U J Y
M U I R O T I N A S E D I S A E S B V L
S E A S I D E P O I N T Q K N M E G B Q
H A U N T E D Z T U B E R C U L O S I S
S O N H B U S T M Y X N T Z V F D D Q P
F C I R T A I R E G E D I S A E S T O I
D C E X U C Z Y Y R O T S I H K R A D Y
U J Y J B L O C K I S L A N D S O U N D
N A E C O C I T N A L T A T E U J O Q V
K N Q G Q H A Q B S J D Q U F J F G Z B
K E L A I R O M E M S S E N K R A H M E
L O N G I S L A N D S O U N D B F Z U V
F G C E D I S A E S E H T T O C A J D E
R C O N N E C T I C U T Y T Y D O I K W
K Y F Y H X V D R O F R E T A W N L Z P
I F M H S E A S I D E S T A T E P A R K
M S T N E I T A P D E T C E F N I N B W
N T M M Y T N U O C N O D N O L W E N A
```

Jeepers Creepers

Jeepers Creepers is a horror film written and directed by Victor Salva and takes its name from the 1938 song of the same name. In the movie, we watch as brother and sister Trish and Darry Jenner find several dead bodies in the basement of a church while they are on their way home from college. Upon this discovery, they are then pursued by a demonic serial killer who is set on taking their lives. There is no stopping the "Creeper" and Trish barely escapes with her life.

CREEPER

DEMONIC

FRANCHISE

GINA PHILLIPS (Trish)

INTERQUEL

JEEPERS CREEPERS (2001)

JEEPERS CREEPERS THREE (2017)

JEEPERS CREEPERS TWO (2003)

(Jeepers) CREEPERS: REBORN (2022)

JONATHAN BRECK (Creeper)

JUSTIN LONG (Darry)

PURSUIT

REBOOT

ROADTRIP

SEQUEL

SERIAL KILLER

SLASHER FILM

VICTOR SALVA (Writer and Director)

```
F Y J C S V I C T O R S A L V A T L K I
C O T E K C N Y S R R L N P W K L B V E
W N E G E S I R B L E S X Z G T C P W I
O K V L B P D V O U A M G E F R K S R K
S C P J X U E S Q B J S B V E H S K B Y
E E Y Q X N S R G A E T H E R Q G Q C E
R R K V Q Z E E S I L R P E R E B O O T
I B H H V T G P Q C N E S C R N Y W Q R
A N E T N T E G U R A U R P F Y M X P
L A A I R H O E U N E E P G E P I N X Y
K H F B O B R R R N O L E H R P Y L Y H
I T R E A G N C S E B L Z P I S E Y M B
L A A O D Y L S Y P O Y N C E L U E R B
L N N I T V V R Y Y X Z G I B R L O R U
E O C D R E E E A G M E V J T H S I N C
R J H L I V N P W F Y O I L J S D T P W
P E I C P S C E T I U S R U P Z U F W S
F R S X W P D E M O N I C U L W B J J O
Q E E M N R R J I W F S Z U B D B A G J
E E R H T S R E P E E R C S R E P E E J
```

51

Answers on page 149.

The Haunted Winchester Mystery House

At first glance, the Winchester Mystery House looks like a typical Queen-Anne Victorian-style home. But inside the 24,000-square-foot mansion is a mysterious interior that many claim is haunted. Some of the doors and stairs to the 161-room home lead to nowhere, and spider web motifs and the No. 13 are used in various ways throughout the house. One thing is certain: this mysterious mansion is not to be messed with.

ABANDONED

ARCHITECTURAL

CALIFORNIA

CONSTRUCTION

CURIOSITIES

DOORS TO NOWHERE

FIREARM MAGNATE

HAUNTED

LABYRINTH

MANSION

QUEEN–ANNE VICTORIAN

REPEATING RIFLES

SAN JOSE

SARAH WINCHESTER

SHADOWY FIGURES

TOURIST ATTRACTION

WILLIAM WIRT (Winchester)

WINCHESTER MYSTERY (House)

WINCHESTER REPEATING (Arms Co.)

WINCHESTER RIFLE

WINDING HALLWAYS

```
W S N O I T C A R T T A T S I R U O T E
I Y C O N S T R U C T I O N T I H A M W
N A I R O T C I V E N N A N E E U Q I I
C W N E S O J N A S U P S A S G L Z N N
H L C G F J N F Q J H E B A E I A S D C
E L H G Z F I D Q T I A R R R R K E H H
S A A H Z D K N N T N A W C U E Q L M E
T H U G J S R I I D H I N H G Y Z F S S
E G N R D B R S O W L Z O I I O I I J T
R N T Y M Y O N I L E O I T F O J R Z E
R I E T B I E N I O U B S E Y W X G A R
I D D A R D C A E Y Q Z N C W U R N I R
F N L U H H M V S I W O A T O E L I N E
L I C E E W Q P B W Q J M U D W L T R P
E W D S I J J M J W C M E R A V R A O E
N M T R J V B V S R W F K A H D V E F A
E E T P B B C E B P Q R O L S V B P I T
R A T F I R E A R M M A G N A T E E L I
W I N C H E S T E R M Y S T E R Y R A N
R Q E R E H W O N O T S R O O D C S C G
```

Answers on page 150.

The Haunted Bara-Hack Village

The abandoned settlement of Bara-Hack in Pomfret, Connecticut, has earned several nicknames, including "The Haunted Village of Lost Voices." This small enclave was founded in 1790 by Welsh settlers and named after the Welsh words for "breaking of bread." The community lasted less than a century however, and was completely abandoned by 1900, apart from those buried in the town's cemetery. After it was deserted, visitors to the area began telling tales of hearing voices and the sounds of horses and carriages, and seeing an apparition of an infant reclining in a tree.

ABANDONED

BARA–HACK

"BREAKING OF BREAD"

CEMETERY

CENTURY

CLOSED TO PUBLIC

CONNECTICUT

DECAYED FOUNDATIONS

GHOST HUNTERS

GHOST OF A CHILD

GHOSTS

HAUNTED VILLAGE OF LOST (Voices)

NEW ENGLAND SETTLEMENT

PHANTOM VOICES

POMFRET

PRIVATE PROPERTY

WELSH SETTLERS

```
T R U A R G T G H O S T H U N T E R S O
F N F I L L N T B B N H Z T Y T U R C Z
N W U W T N E X R C V Y G P O M F R E T
Y Y H X P V M X E I D X X O P E A U B G
T S O L F O E G A L L I V D E T N U A H
W Y P N W S L D K B F Q G Q B D S L G B
E R R P W T T W I U R T H J U X H Q N H
L U I U B S T N N P N X Y B A V T S K D
S T V R B O E I G O U V R O B M N E J L
H N A E A H S S O T J T E L A U X C Y I
S E T U R G D M F D S U T U N S G I J H
E C E H A R N Q B E W C E R D H B O N C
T G P X H T A L R S T I M R O N A V K A
T D R U A N L E E O X T E K N V A M W F
L R O D C K G Y A L V C C L E W D O D O
E D P A K J N K D C Z E E X D Z C T D T
R D E C A Y E D F O U N D A T I O N S S
S X R U U C W B H G Y N J O J H A A H O
Y G T C T R E D Y N Z O U R L P Z H P H
Z J Y P Y L N M A O X C H R Z R O P B G
```

Answers on page 150.

Psycho

Psycho is Alfred Hitchcock's classic psychological horror film. Released in 1960, *Psycho* was controversial for its time but still garnered success at the box office. It was lower budget than many of Hitchcock's previous films, but has sustained itself in time as one of Hitchcock's most famous films.

ACADEMY AWARDS

ADAPTATION

ALFRED HITCHCOCK
(Director)

BEST ART DIRECTION
(Nominated)

BEST CINEMATOGRAPHY
(Nominated)

BEST DIRECTOR
(Nominated)

BEST SUPPORTING
(Actress)

CONTROVERSIAL

HORROR FILM

HUGE SUCCESS

ICONIC

JOSEPH STEFANO (Writer)

LASTING IMPACT

MOST FAMOUS FILM
(Hitchcock's)

MOTHER'S ILLNESS

MURDER–SUICIDE

NORMAN BATES

PSYCHO

PSYCHOLOGICAL

ROBERT BLOCH
(Original Author)

STRYCHNINE POISONING

TAXIDERMIST

R C U W A P S Y C H O L O G I C A L H S
O C I N O C I M S I E E N W Y N L B N T
B M F P V W A S J L O I L L K P P O D R
E E Q K Z R I D H H T H S W T P I L T Y
R K S K C B O D E R U E C P U T C C G C
T Y Z T F O E T O M T G M Y C G A E N H
B T M E C O C P C A Y U E E S P U O J N
L L B O I I P H B E R A R S M P I Q O I
O C A I S U N N C D R I W I U T F W S N
C L J I S T A E E T D I G A A C H U E E
H Z L T S M F R M T I N D T R U C L P P
R Q S L R R S A R A I H P T E D D E H O
U E D O G U E A M T T A D M S A S I S I
B X N Y I P T V S O D O L E X E M Y T S
N L V C G S E A O A U N G S R D B S E O
C W I F E J L T N R R S U R E F Y V F N
M D H B L S Z R E Z T N F D A A L Q A I
E M L I F R O R R O H N Y I M P S A N N
S S E N L L I S R E H T O M L Z H M O G
G T S I M R E D I X A T M C D M N Y U V

Answers on page 150.

The Blair Witch Project

The Blair Witch Project is a 1999 supernatural horror film that revolutionized the found-footage convention so often utilized by horror movies today. The movie follows three student filmmakers on their search for the urban myth of the Blair Witch in Black Hills near Burkittsville, Maryland. The three trek into the woods to do their research but soon get lost and find themselves in the midst of a horrific environment. They lose their map, but end up finding eerie stick figures and a graveyard filled with cairns. After being terrified at night and losing a member of their team, they stumble upon an abandoned house in the woods, a place you never want to enter when you're filming a horror movie.

ABANDONED HOUSE

BLACK HILLS FOREST

BLAIR WITCH (2016)

BOOK OF SHADOWS: (Blair Witch Two) (2000)

BURKITTSVILLE

CEMETERY

CURSE OF THE BLAIR WITCH (1999)

"DOCUMENTARY"

FOUND FOOTAGE

HORROR MOVIE

LOST IN THE WOODS

LOST MAP

MARYLAND

META

SUPERNATURAL

THE BLAIR WITCH PROJECT (1999)

WITCHCRAFT

YOUNG FILMMAKERS

B O O K O F S H A D O W S Y W C H P Q T
N V U G I H K D N A L Y R A M C V O H E
A H E L L I V S T T I K R U B N G E N S
A B A N D O N E D H O U S E T D B J D D
O D T H O R R O R M O V I E G L X O Y V
I F G S H O V R B E R O T D A M O Y M H
C U R S E O F T H E B L A I R W I T C H
X G H Y M R J H V Z Y L R G E L L F Z G
X M C Y R E O C E H O W M H C O F O C M
R C T I H E T F D C I Q T F Q S S U T K
M F I U V M T A S T U N Z C P T A N F B
C O W G D C D E C L I Y N R G M T D A P
U D R D E C N H M T L H R N R A V F R F
E P I R N Z P M S E B I Z M C P M O C R
O E A D X R Z O X C C S H L E S G O H P
G H L X O H L K W E X C Q K I X B T C V
G Z B J P B I G C Y D D M Z C C F A T P
E F E A F S U P E R N A T U R A L G I V
T C Y R A T N E M U C O D K E B L E W B
T S R E K A M M L I F G N U O Y F B T F

The Haunted Castello di Amorosa

In 1993, a vintner named Dario Sattui purchased 171 acres near Calistoga, California, and spent $40 million to create a castle to house a winery. Sattui's 141,000-square-foot winery, named Castello di Amorosa, is a faithful replica of a twelfth or thirteenth century castle, complete with a moat, drawbridge, a great hall, and even a torture chamber. While the castle itself is modern, rumor has it that some of the materials Sattui used to build it were old and possibly cursed. Staff say ghosts at the castle include a plague victim and a stable boy.

CALIFORNIA

CALISTOGA

CASTELLO DI AMOROSA

CASTLE

CURSED OBJECTS

DARIO SATTUI

GHOSTS

HAUNTED

MOAT DRAWBRIDGE

MODERN

NAPA VALLEY

OPEN TO THE PUBLIC

PLAGUE VICTIM

REPLICA

STABLE BOY

THIRTEENTH CENTURY

TORTURE CHAMBER

VINTNER

WINE MERCHANT

WINERY

```
M W R M O A T D R A W B R I D G E K T Q
L I F L N X Y Q K N R E D O M X V S A M
S R T E J Q R I U T T A S O I R A D A C
T E F C A S U B Q Q G P Z U E L T S A C
C N W B I M T T N A H C R E M E N I W W
E A Y U X V N A V R H A F K E W T N C M
J G S W U E E W B I R Z G H W Q A Z M A
B C J Q M V C U E L N U X O W A W J T C
O A C S W G H M G J E T U X T J R X Y I
D L P K H X T B L A L B N I Y S P G K L
E I J F Q W N Q M Z L P O E K P I D B P
S F R E W F E T A M J P L Y R Q X L N E
R O C A S T E L L O D I A M O R O S A R
U R K I H O T J N R Y O F W I N E R Y C
C N R G F O R H H D E T N U A H P Q K Q
C I R C I C I L B U P E H T O T N E P O
A A O V R U H A L Y N K Q L L V B M N H
D N K J R W T P G H O S T S W M M R I M
K V Z T N A P A V A L L E Y Y Y K N Q V I
R H H C T N T O R T U R E C H A M B E R
```

 Answers on page 151.

The Haunted Bell Witch Cave

Located in Adams, Tennessee, the Bell Witch Cave sits on property once owned by farmer John Bell Sr. and his family. According to local legend, the Bell family was haunted by an entity from 1817 until 1821. Dubbed the Bell Witch, the ghost was said to shapeshift, first appearing as a black dog, and often spoke out loud to the family. After the Bell family left the area, the witch moved to the cave, where numerous brave explorers have reported flashlights failing, thumping noises, and screams coming from deep within the underground chamber.

ADAMS

BELL FAMILY

BELL FARM

BELL WITCH

BELL WITCH CAVE

BETSY BELL

BLACK DOG

CAVERNS

CHAMBER

DOGS FIGHTING

GHOSTS

GHOST TOURS

HAUNTED

JOHN BELL

KARST CAVE

NOISES

PRIVATELY OWNED

RED RIVER

SCREAMS

SHAPESHIFT

STRANGE CREATURES

TENNESSEE

UNDERGROUND

```
Z F E X U W S V D W D E T N U A H X T Y
H G G G E V M B W W S B U L S I J H S Q
X S E R U T A E R C E G N A R T S R Q U
B R D J S T D U S E S I O N B V U V N A
F E N N Q Q A J O H N B E L L O B D O S
N D L R E D R I V E R W R I T E E B Y C
S E Y L I M A F L L E B L T L R E E R M
H N G C F V C A V E R N S L G T L D Y S
A W S J I A H A G M P O W R S Y O L S M
P O I M X Q R V Q Q H I O Y Z G G H G Q
E Y N L A L H M E G T U B S S P C W E K
S L F J T E Z V S C N E B F H T Z E Y L
H E V M T Z R E H D L O I L I J S Q Q N
I T Y H V F Q C C L T G R W A S C R C P
F A T H F R A H S O H F L K E C X S V U
T V Y W P V A H O T A L K N Q O K Q G X
X I V E E M R C I N E H N Y Q I T D L H
I R V K B O R N Q B S E I P V N I R O D
M P R E N S G Q P V T D I U O D K E W G
R I R K A R S T C A V E T S T S O H G S
```

Answers on page 151.

Let the Right One In

Let the Right One In is a Swedish romantic horror film directed by Tomas Alfredson and written by John Lindqvist, who also wrote the novel the screenplay was based upon. Released in 2008, the movie takes place in the 1980s in suburban Stockholm where a twelve-year-old boy, Oskar, meets a young pale girl, Eli. Eli acts strange for a child her age and tells Oskar they cannot be friends for unexplained reasons. Despite Eli's insistence, they grow to be close friends, and Oskar soon learns Eli is a vampire and needs to kill to survive.

ADAPTATION

BLACKEBERG

CRITICAL ACCLAIM

FRIENDSHIP

GULDBAGGE AWARDS

HORROR FILM

JOHN LINDQVIST (Writer)

LET THE RIGHT ONE IN

NOVEL

RELATIONSHIPS

ROMANTIC

SATURN AWARD
(Best International Film)

SEVERAL AWARDS

STRANGE BOND

SUBURBAN STOCKHOLM

SWEDEN

TOMAS ALFREDSON
(Director)

TRIBECA FILM FESTIVAL
(Best Narrative Feature)

UNEXPLAINED

VAMPIRE

L R S S N Q Z A V Z N R E L E B Y Y T N
M T L D S P I H S N O I T A L E R C V V
L R E P R H V M O M M L I F R O R R O H
O I P I K A T D A W S N I B T U M D A D
H B J H V T W N N L Q J Q E L I E S N L
K E O S D J T A X O U G B S A M I P I M
C C H D S I L V E H B G L L B S R I E F
O A N N C E S E B G M E C Q D T W U N P
T F L E U D V X V L G C G G L T U T O M
S I I I J N Z E Y O A A U N T B Q H T U
N L N R Z R E X R L N C B T A J Q F H A
A M D F E W E X A A U H K D Y R O N G D
B F Q T I B R C P Y L T X E L G T N I A
R E V B Z O I K I L N A Z E B U Q S R P
U S I Q S T P L S U A E W N L E G R E T
B T S Q I J M H D O C I D A T A R Q H A
U I T R D I A J H I S B N E R D U G T T
S V C G A I V P M R X Y Z E W D T G T I
S A T U R N A W A R D G G M D S S R E O
P L V N O S D E R F L A S A M O T I L N

Answers on page 151.

The Haunted Heceta Head Lighthouse

Located on the Oregon coast 13 miles north of Florence, the Heceta Head Lighthouse shines a beacon that is visible up to 21 nautical miles away. The light was first lit in 1894 and automated in 1963. The home that once sheltered the lighthouse keepers and their families is now a bed and breakfast. According to rumor, the son of a keeper drowned many decades ago, and the keeper's wife now haunts the home, searching for her child. Staff and guests have seen indentations on freshly made beds, heard footsteps, and seen objects fly off of shelves.

BED AND BREAKFAST

DROWNED

FLORENCE

FLYING OBJECTS

GHOSTS

HAUNTED

HECETA HEAD LIGHTHOUSE

HISTORIC PLACE

KEEPER'S QUARTERS

LIGHTHOUSE

LIGHTKEEPER'S FAMILY

LIGHTKEEPER'S HOUSE

NATIONAL REGISTER

OREGON

OREGON COAST

PACIFIC NORTHWEST

PACIFIC OCEAN

SEARCHING FOR HER CHILD

STATE SCENIC VIEWPOINT

STRANGE INDENTATIONS

STRANGE NOISES

```
T R E T S I G E R L A N O I T A N G W T
U N L I G H T K E E P E R S H O U S E P
D L I H C R E H R O F G N I H C R A E S
H W L O G S R E T R A U Q S R E P E E K
D R F N P A U C D J O R E G O N Z B E N
E R H H R W S E S I O N E G N A R T S D
S T R A N G E I N D E N T A T I O N S L
H N H T F V A I D I E S U O H T H G I L
A V K N T V H X V Q R Q B X J W I G S Z
U B I P N A E C O C I F I C A P I M Y Z
N C T Z K E Z F L Y I N G O B J E C T S
T O Y A E T O R E G O N C O A S T D W D
E S U O H T H G I L D A E H A T E C E H
D O K F L O R E N C E Z W C N F Y G L H
P A C I F I C N O R T H W E S T T W L C
W B Z F V K D E N W O R D Y W E O K S Z
U S W K Z Z Y U S T S O H G T E T I K B
A B E D A N D B R E A K F A S T I A D M
I O B I E H I S T O R I C P L A C E T N
N Y L I M A F S R E P E E K T H G I L S
```

Invasion of the Body Snatchers

Invasion of the Body Snatchers is a 1978 American science-fiction horror film that was adapted from the 1955 novel *The Body Snatchers* by Jack Finney. In the movie, a gelatinous race of creatures abandon their home planet and come to Earth and establish themselves as pink flower-like pods. A scientist realizes that people are being replaced by emotionless clones of themselves by the gelatinous creatures soon after people encounter these pods. Slowly but surely, the creatures replace more and more of humanity with the emotionless clones of people.

ABANDONED

ADAPTATION

ALIENS

BROOKE ADAMS

DONALD SUTHERLAND

EARTH

EMOTIONLESS CLONES

EXTRATERRESTRIAL (Beings)

FLOWER–LIKE PODS

HORROR FILM

INVASION OF THE BODY (Snatchers)

JACK FINNEY

JEFF GOLDBLUM

LEONARD NIMOY

NOVEL

REPLACING HUMANITY

REPLICAS

SCIENCE FICTION

SCIENTISTS

THE BODY SNATCHERS

```
X T E X T R A T E R R E S T R I A L Z W
N L S E R E P L I C A S P B V S P I R B
E E C S M G M D H S Y E A B T D N P V J
D O I C U Z V X B C Z M Q S O V A K X B
N N E G L G Q Y C A Y O I P A J L K T I
A A N I B V O T D K U T F S S C I H H S
L R C J D R V C F H N I I Z D X E L E Q
R D E F L R X G J E M O K N O V N H B L
E N F E O T W S I U N N K O P C S O O S
H I I B G A Q C X O O L J I E G L R D M
T M C W F N S N F P A E B T K S R R Y A
U O T T F K H T O B C S G A I A D O S D
S Y I U E V H T A V G S R T L G S R N A
D O O N J E J N R V E C N P R Q C F A E
L L N B B S D R X A X L M A E U O I T K
A K S O K O E V V A E O G D W P X L C O
N F D U N J U B B D L N S A O F M M H O
O Y X E R X Y L T T R E E K L P Z I E R
D G D K X E C Z H H Q S U C F Z Q T R B
R E P L A C I N G H U M A N I T Y U S W
```

Answers on page 152.

The Haunted Molly Brown House

A survivor of the *Titanic* sinking, Margaret "Molly" Brown was a socialite and philanthropist who today is better known as "the Unsinkable Molly Brown." Brown and her husband acquired their wealth through mining operations near Denver, where they purchased a Victorian mansion in 1894. By 1970, the house was set to be demolished, but efforts to save it succeeded; the home is now open to the public as a museum. But some believe Molly never left. Visitors have seen flickering lights, felt cold spots, and seen the apparition of a woman in a Victorian dress.

APPARITIONS

BOARDING HOUSE

COLD SPOTS

COLORADO

DENVER

DENVER LANDMARK

FLICKERING LIGHTS

HEROINE OF THE TITANIC

HISTORIC

JANE ADDAMS HULL HOUSE

MARGARET "MOLLY" BROWN

MINE OWNERS

MINERS

MOLLY NEVER LEFT

NATIONAL REGISTER

NEARLY DEMOLISHED

PHILANTHROPIST

PRESERVED PROPERTY

SINKING SHIP

SOCIALITE

SURVIVOR

TITANIC

WOMAN (in a) VICTORIAN DRESS

I S A T F E L R E V E N Y L L O M G F L
X T R L H R E B T P N T J H N I B J Y W
Z H U E T V V X I J Q S H E E N M A T O R
R G J R N W S G L C X I C R A A A N R M
N I M E W I G C A O A P S O R T R E E A
V L D E O A M H I L K O I I L I G A P N
S G K M H Z Z F C D L R N N Y O A D O V
R N O R R L V J O S A H K E D N R D R I
E I M Z A W H H S P Q T I O E A E A P C
N R C O M M V J P O G N N F M L T M D T
W E L E P J D A Q T N A G T O R M S E O
O K M V V Y R N O S R L S H L E O H V R
E C W K L I C H A I Q I H E I G L U R I
N I N L T K S B I L Z H I T S I L L E A
I L S I L C D N T S R P P I H S Y L S N
M F O G K N J T M S T E E T E T B H E D
L N X Z U Q T Q M V V O V A D E R O R R
S Z E V T I T A N I C M R N G R O U P E
B O A R D I N G H O U S E I E M W S T S
K W O S R O V I V R U S J C C D N E N S

The Haunted Old York Burying Ground

The graves in the Old Burying Yard span a timeline from 1705 to the 1850s. As with most old cemeteries, the graveyard comes with its fair share of ghost stories. But none is more famous than that of Mary Nasson, who died in 1774. Unlike other graves in the area, Mary's is covered with a heavy stone slab. According to rumor, this is to keep Mary, who was said to be a witch, from rising from the grave. But it hasn't stopped her ghost from appearing from time to time wandering the grounds.

APPARITIONS

CEMETERY

EIGHTEENTH CENTURY

GHOST STORIES

GHOSTS

GRAVES

GRAVEYARD

HAUNTED

LOCAL LEGENDS

MAINE

MARY NASSON

MYTHS

OLD BURYING YARD

OLD PARISH

PARANORMAL ACTIVITY

RISE FROM THE GRAVE

STONE–SLAB HEADSTONE

SUPERNATURAL LOCATION

WANDERING GHOST

WITCH'S GRAVE

WITCHES

YORK

YORK COUNTY

```
A Y E S S Q E H W Y O R K C O U N T Y D
Q K J I S N O I T I R A P P A O R E P R
A E C N G E N I A M Q A Y C N U V A K A
D C M O P H R Y R E T E M E C A R S S Y
R F R S O Z T W K D L W M T R A E D K G
A E C S D F A E R D I S Y G N V N E L N
Y V Z A Z C R R E T B G E O A E Z W M I
E A K N F L P K C N H H R R G H Q T G Y
V R R Y H U R H S O T M G E I I Y H H R
A G O R I N E X S M A H L N E H L N O U
R S Y A K S N T O L J L C F N B S V S B
G H G M H S S R A U A Q S E W P T H T D
Q C K S N T F C Z C G H K E N Y K K S L
W T T P O E T C O R T H A U N T E D J O
L I D R S I U L B Y R B J U O C U Y N Q
W W I I V R C S M S U O X P D P E R P N
A E R I O G R H S I R A P D L O S I Y Y
S S T O N E S L A B H E A D S T O N E R
I Y A J H T S O H G G N I R E D N A W U
N O I T A C O L L A R U T A N R E P U S
```

Answers on page 152.

28 Days Later

28 Days Later is a 2002 British post-apocalyptic zombie horror film directed by Danny Boyle and written by Alex Garland. Actor Cillian Murphy plays a bike courier who is hospitalized after a car accident. When he awakes from his coma, he finds that he is alone in the hospital, which seems to have been totally abandoned and ravaged. He leaves the hospital to find that London itself seems to have been totally abandoned. Confused, he then comes across humans that are infected by the virus called "Rage," which was unleashed upon humanity from a freed lab chimp 28 days earlier. The movie follows the protagonist in his struggle not to be infected.

(28) DAYS LATER

(28) DAYS LATER: THE (Aftermath)

(28) WEEKS LATER (Sequel)

ABANDONED HOSPITAL

AGGRESSIVE ZOMBIES

ALEX GARLAND (Writer)

ALTERNATE ENDINGS

BIKE COURIER

CILLIAN MURPHY

CRITICAL ACCLAIM

DANNY BOYLE (Director)

DESTROYS HUMANITY

ESCAPED LAB CHIMP

FINANCIAL SUCCESS

HORROR FILM

INFECTIOUS VIRUS

LOW BUDGET

POST–APOCALYPTIC

THE RAGE

TWENTY–EIGHT DAYS

VIRAL INFECTION

WAKING FROM A COMA

ZOMBIES

```
A S U R I V S U O I T C E F N I R C Y S
L J U E S C A P E D L A B C H I M P H G
E H H T W E N T Y E I G H T D A Y S P N
X H T W A K I N G F R O M A C O M A R I
G H O R R O R F I L M N Y W X I K D U D
A U F I N A N C I A L S U C C E S S M N
R U Y W S Y Y W A N L H O O I S E E N E
L F S E I B M O Z A O M P R O V D R A E
A P I E W O K K T I S M I Y L Y X V I T
N K V K T V O E D A N N Y B O Y L E L A
D M K S V I R A L I N F E C T I O N L N
Y U W L J D A Y S L A T E R T H E Y I R
U Y L A T Z I K T H E R A G E P C S C E
H B Q T S L R E I R U O C E K I B X N T
F B K E K I U T E G D U B W O L P W F L
U D F R M I A L C C A L A C I T I R C A
A G G R E S S I V E Z O M B I E S P Q X
Q O N J Y T I N A M U H S Y O R T S E D
J Y L L A T I P S O H D E N O D N A B A
L K C I T P Y L A C O P A T S O P V H M
```

75

Answers on page 152.

The Haunted Dr. Samuel A. Mudd House

Also known as St. Catharine, the Dr. Samuel A. Mudd House is named after Waldorf, Maryland's notable physician. Mudd famously treated an injured John Wilkes Booth the night he assassinated Abraham Lincoln. Many believe that Booth comes back to visit the house every night to rest, just as he did on the night of his crime. No matter how carefully museum staff make up the bed in the so-called "Booth Room," the impression of a human can often be seen in the bed by morning.

ABRAHAM LINCOLN

ASSASSIN

BOOTH ROOM

CIVIL WAR

DEFEAT OF THE (Confederacy)

DR. SAMUEL A. MUDD

DR. SAMUEL A. MUDD HOUSE

ESCAPING JUSTICE

FORD'S THEATER

GHOSTS

HAUNTED

HISTORIC HOUSE

INJURED

JOHN WILKES BOOTH

MARYLAND

MUSEUM

NATIONAL REGISTER

SHOT THE PRESIDENT

ST. CATHARINE

STRANGE INDENTATIONS

WALDORF

WASHINGTON, D.C.

V J A T G X J Y Q F R O D L A W N T S E
X X O N N F N D L U I E C I F A V N W S
I G Q H C L G G M M O O R H T O O B T U
E Q H S N I O A H U R N F I U I A E W O
H T I O X W R C N T Z A O C T Y C M A H
T Y N A S Y I I N K U N W A J I J D S D
F E P E L T S L Q I A R T L T B R I H D
O E S A D S S Q K L L N Z S I S Y R I U
T V N V A I E G R E E M U Y A V E I N M
A D Z S G Z S E E D S J A M K T I H G A
E R S V U H G E N N G B U H A J A C T L
F A U H X I D I R N I E O E A U H O O E
E G P S S M E E I P L R H O N R Q Q N U
D X E T V G U P R A E T A T T G B M D M
V L E X N Y A E M U S H E H N H D A C A
O R J A Z C O U S D J D T B T S F F L S
L M R B S V D L R U D N N T A A I U W R
O T X E A D G O F B M O I W O X C R V D
S J U H Y F F I M H R L Q V A H D T S A
H H A O X H I S T O R I C H O U S E S H

Answers on page 153.

The Haunted Antietam National Battlefield

Antietam National Battlefield commemorates the Battle of Antietam; the Civil War battle was fought on September 17, 1862. The battle is still considered the bloodiest day in American history, where 25 percent of Union troops and 31 percent of Confederate troops were wounded, captured, or killed in the span of 12 hours. Perhaps it is unsurprising, then, that the area is believed to be haunted. Visitors have seen ghostly blue orbs, heard drums and singing and gunshots, and seen the apparitions of uniformed soldiers wandering the grounds.

AMERICAN CIVIL WAR

ANTIETAM CREEK

ANTIETAM NATIONAL (Battlefield)

ARMY OF NORTHERN (Virginia)

ARMY OF THE POTOMAC

BLOODIEST DAY (in American History)

BLUE ORBS

CAPTURED

(General) GEORGE B. MCCLELLAN

GENERAL ROBERT E. LEE

GHOSTLY GUNSHOTS

KILLED

MARYLAND

PHANTOM SOLDIERS

SHARPSBURG

SOLDIERS

SUPERNATURAL

THE CONFEDERACY

THE NORTH

THE SOUTH

THE UNION

WOUNDED

```
G E N E R A L R O B E R T E L E E R U N
G S T O H S N U G Y L T S O H G D S C B
C A X A N H T R O N E H T P Z V N J N A
A X A Q K M Q S O L D I E R S A A S A M
M N S N C B M P Y E Y X V X L A M Y J P
O F R T T H W I W S A C I L O A E A T L
T A M E H I T D B O R F E U N D R D H H
O W Q O H D E R N K U L F T Y J I T E L
P L Q S H T O T S A C N I C N I C S C S
E T T N D E R C A C L E D T B V A E O H
H H U H U E H O M M T Y V E L S N I N A
T E B L E C R B N A N C R Y D S C D F R
F S B F A U E U M F T A O A J X I O E P
O O V F W G N C T N O Y T S M F V O D S
Y U L N R B R I P P K Y M I O X I L E B
M T U O M E D H O F A S M P O N L B R U
R H E D E L L I K N K C U R W N W T A R
A G K K G H M Q B M L X N O A J A H C G
T P H A N T O M S O L D I E R S R L Y I
P L T B T N F I S U P E R N A T U R A L
```

Answers on page 153.

The Blob

The Blob is an American science-fiction horror film from 1958. After they see a meteorite crash in a nearby field, boyfriend and girlfriend Steve and Jane go to inspect the impact site. A farmer reaches the site first. The farmer pokes the meteorite, which cracks open, exposing a gelatinous blob. As Steve and Jane arrive, they find the blob has attached itself to the farmer so they take him to a doctor. Before any tests can be done, the blob absorbs the farmer and doctor. Steve and Jane run and tell their parents, but unfortunately no one believes them until it's too late. The blob expands and expands throughout the movie, absorbing all that it comes across.

ALIEN LIFEFORM

ALL CONSUMING

EVERGROWING BLOB

EXTRATERRESTRIAL (Being)

GELATINOUS BLOB

HORROR FILM

IMPACT SITE

INDEPENDENT FILM

IRVIN YEAWORTH (Director)

KAY LINAKER (Writer)

MECHANIC SHOP

METEORITE CRASH

PENNSYLVANIA

REPAIR SHOP

SCIENCE–FICTION

SMALL TOWN

STEVE AND JANE

TAKEN TO THE ARCTIC

THE BLOB

```
I P J S A P T P W C Y V N A B X B A E F
S Q J T H I L Z X B F W G O E O D L N M
T C X E W W N Z O R O K L W L T H I D M
W F I P T W B L U T E B J B A A N E C L
L A C E R I B W L C G J S Z I K A N Y I
O D L U N E S L N N Q U D A R E Y L U F
M I T L H C A T I N O E I A T N E I H R
E Q R T C M E W C N K N Q M S T R F B O
T U X V S O O F I A A M E J E O E E S R
E M P D I R N T I V P C N W R T K F T R
O P W O G N A S L C H M J V R H A O E O
R W S R H L Y Y U A T J I W E E N R V H
I Z E Z E S S E N M G I R Q T A I M E Z
T V C G Z N R I A X I M O N A R L D A X
E S I S N N C I D W S N E N R C Y B N G
C D K E L S E I A N O Y G S T T A G D H
R J P B H B F O B P B R P U X I K B J J
A X F O G B R G J Q E T T A E C X Z A K
S I P N G Q U U V L M R F H F H D R N V
H G O M L I F T N E D N E P E D N I E C
```

Answers on page 153.

An American Werewolf in London

An American Werewolf in London is a 1981 comedic horror film written and directed by John Landis. The movie opens with two American backpackers, David and Jack, being attacked by a werewolf in the English countryside. Jack is killed and David is bitten, which causes him to become a werewolf himself the next full moon. David awakes in the hospital and explains to the police that he and Jack were attacked by a rabid dog. David begins to suffer from hallucinations of an undead Jack, who tells him that they were attacked by a werewolf and that he is now a werewolf as well. After hospitalization, David moves in with the nurse from the hospital. They fall in love, but David soon realizes he can't control himself on full moons, wreaking havoc on the city until he is finally stopped.

ACADEMY AWARD

(American) WEREWOLF IN PARIS (Sequel)

AN AMERICAN WEREWOLF IN (London)

BEST MAKEUP

CAN'T CONTROL HIMSELF

COMEDIC

ENGLISH COUNTRYSIDE

FULL MOON

HALLUCINATIONS

HORROR FILM

HOSPITALIZATION

JOHN LANDIS (Writer and Director)

LOVE STORY

RABID DOG

RAVING MANIAC

SILVER BULLET

THE MOORS

VIOLENT RAGES

WEREWOLF

WEREWOLF ATTACK

YORKSHIRE

```
A F S P H J A Y Y J C S C F Q M O G F E
A N G E C O F C O K I I B N S R C D D P
U A A P G P S H A L S U D I Z A G I F C
J L C M L A N P V D K W R E I D S I A H
U W S Z E L R E I E E A E N M Y Q N W W
V A P N A R R T Z T P M A R R O T S E C
K A X N O B I T N N A M Y T E C C R X P
Y U D G U I H C I E G L N A O W E G H I
P I F L O E T F A N L U I N W W O Q U U
S U L Q M D L A I N O O T Z O A R L G W
F E E O Z O D V N C W R I L A M R F F A
T M O K W Y A I H I O E F V L T R D Y G
Q R G E A R O S B L C A R I C N I R Q J
S S R T T M I R H A T U F E O W O O V Z
Y E R W X L T I K T R R L O W T G I N P
W L Z I G B M S A S O V M L S O P L V F
J S A N U S Z C E R H L Y E A U L J V T
E F E F E H K R R B L I V J E H B F E W
A X C L O D Y O O U R O R Q I Y H D I C
S Z F W H E H M F K L P J E D B S V K N
```

Answers on page 153.

The Descent

The Descent is a British horror film written and directed by Neil Marshall. The film follows six women along a spelunking adventure into a cave, where they are eventually trapped after a narrow passage collapses behind them. The crew hopes to find an exit and continue further into the cave where they begin to encounter humanoid beings called "crawlers." One by one, they are attacked by the crawlers as they try to escape from the horror they have descended into.

BRITISH FILM

CAVE EXPLORING

CAVE PAINTINGS

CAVE SYSTEM

CAVERNS

CLAUSTROPHOBIC

COLLAPSED CAVE

CRAWLERS

FACE YOUR DEEPEST FEAR

GIRLS TRIP

HORROR FILM

HUMANOID CREATURES

KEPT GOING FORWARD

NEIL MARSHALL
(Writer and Director)

NO WAY OUT

SPELUNKING

THE DESCENT

THE DESCENT PART TWO
(2009)

TRAPPED

```
K X K E P T G O I N G F O R W A R D W C
E G S U V Q M E T S Y S E V A C A H G A
L Z E P K U Q B C Z F N S K C J E U W V
O X R C X X Y Q N J H B G K L V F F S E
B W U T A L F Q H R W R N P A A T M L E
G N T Q U V E E X M I I I E U K S D L X
N E A T I O E A V Q Y T T A S T E E A P
I D E P R E Y R A E W I N U T O P C H L
K T R W A A P A N X Q S I O R R E Y S O
N R C T C N P P W S I H A P O U E R R R
U W D H R H K T E O X F P S P B D P A I
L V I E A I O G N X N I E A H P R I M N
E U O D W I G R E E D L V H O E U R L G
P S N E L W S M R E C M A K B I O T I S
S M A S E H Y D P O P S C B I N Y S E H
N X M C R Y S P G Z R E E N C E E L N W
S P U E S R A E N G C F W D U X C R M A
K T H N O R Q F A N S U I V E J A I M X
G C Y T T C X U K U E P B L F H F G P B
I C O L L A P S E D C A V E M Q T L F T
```

Answers on page 154.

Pet Sematary

Pet Sematary is a 1989 supernatural horror film directed by Mary Lambert and written by Stephen King, who also wrote the novel of the same name upon which the film is based. The film follows a family who move from Chicago to Maine, where they are told about a pet cemetery (spelled sematary) behind their house. After their cat is run over, they bury it in the grounds only to find that it comes back from the dead with a violent demeanor. After the family's son dies tragically, the father decides to bury his son in the pet cemetery only to find that his son comes back with a bad temper as well.

ADAPTATION

BACK FROM THE DEAD

BAD TEMPER

BEHIND THEIR HOUSE

BURIED IN THE PET (Cemetery)

CHICAGO

HORROR FILM

ILLINOIS

MAINE

MARY LAMBERT

NOVEL

PET SEMATARY

REMADE (in 2019)

RUNOVER CAT

SON DIES

STEPHEN KING

SUPERNATURAL

TRAGIC DEATH

UNDEAD

WORLD FANTASY AWARD (Best Novel)

```
W Z A L O U X U O I G R U I B E H B B Z
C S X T E P E H T N I D E I R U B W E A
I E N W X C H I C A G O D E O L E T Y M
Q I D C O L N O V E L S O X C S U R S D
J D A A D R D S U E U I A W U L A A V A
L N U I M Y L T R P G K M O E T Q G K E
S O U T Y E U D E U B H H P A K G I B D
U S Y P T Y R R F I N R X M H T W C H E
A S Y V H R N R L A I O E R D P R D O H
I V T U V A E L E E N S V H Y N C E R T
A C O E T S I B H P T T M E B K B A R M
J F C U P N I T M E M T A N R M A T O O
P A R G O H D Q P A J E C S A C Q H R R
W A L I S N E I I B L S T I Y M A F F F
L H S D I H B N U N R Y N D P A K T I K
I B W H Y C H F K O S E R X A J W Y L C
Q F E T R G L G L I U E Z A C B K A M A
D B H N V J V B A W N Y I X M O R P R B
L Z A H E D A E D N U G U L K D Q G O D
N F Z C G B F J S E N O I T A T P A D A
```

87

Answers on page 154.

Creature From the Black Lagoon

Creature From the Black Lagoon is a 1954 monster horror film. This iconic film follows a group of scientists into the Amazon forest, where they encounter an amphibious humanoid, called the "Gill-Man." The movie was originally filmed for a black-and-white 3D release in the theaters, but since the 3D movie fad of the early 50s had begun to fade by 1954, most audiences watched the film in 2D. The film was re-released in 1975 in full-color 3D.

AMAZON FOREST

AMPHIBIOUS HUMANOID

BLACK–AND–WHITE (3D)

CREATURE FROM THE BLACK (Lagoon)

CRYPTOZOOLOGY

GILL–MAN

HALF FISH

HALF HUMAN

HORROR FILM

ICONIC

JACK ARNOLD (Director)

MARINE BIOLOGY

MONSTER MOVIE

RERELEASED (in 1975)

REVENGE OF THE CREATURE (1955)

SCIENTISTS

SEVERAL KILLED

THE CREATURE WALKS (Among Us) (1956)

THREE–D FILM

THREE–D FILM FAD

UNKNOWN CREATURE

WILLIAM ALLAND (Producer)

```
I C O N I C C M G N D V R S B K J P P H
J B A T D H G C A G E O E T F C R J U S
H X K F E T B M Q J S D V R D A O V E Y
M M P B L Z L K I A A I E N F L J D X T
O Z T W L L A G S E E O N V J B M O X T
N O H X I U M C A H L N G X K E E T M H
S G R G K M A R C S E A E W H H R M Y E
T Z E D L L Z Y J I R M O Y A T U L B C
E I E N A I O P A F E U F G L M T I L R
R S D A R F N T C F R H T O F O A F A E
M T F L E D F O K L G S H L H R E R C A
O S I L V E O Z A A D U E O U F R O K T
V I L A E E R O R H C O C I M E C R A U
I T M M S R E O N O I I R B A R N R N R
E N F A J H S L O B N B E E N U W O D E
Q E A I O T T O L F P I A N K T O H W W
E I D L J V Z G D T R H T I I A N X H A
J C Z L I P O Y P L R P U R W E K B I L
H S N I Y D X K J X T M R A S R N A T K
T H U W J T Q W M D X A E M V C U I E S
```

Answers on page 154.

Poltergeist

Poltergeist is a 1982 supernatural horror film directed by Tobe Hooper and co-written by Steven Spielberg, Michael Grais, and Mark Victor. The film follows the Freeling family living in a planned community in California called Cuesta Verde, where they begin to encounter strange happenings in their home after an earthquake. A parapsychologist discovers that the development is built upon an old cemetery and that a portal to the underworld had opened in the children's bedroom closet. They flee as the house collapses on itself.

ABDUCTED DAUGHTER

BEDROOM CLOSET

BUILT ON A CEMETERY

CALIFORNIA

CUESTA VERDE

CURSED LAND

EARTHQUAKE

FREELING FAMILY

HORROR FILM

MARK VICTOR (Co-Writer)

MICHAEL GRAIS (Co-Writer)

NEW DEVELOPMENT

PARAPSYCHOLOGIST

PLANNED COMMUNITY

POLTERGEIST

POLTERGEIST II: THE (Other Side)

POLTERGEIST III

PORTAL TO THE (Underworld)

SPIRITUAL ADVISOR

STEVEN SPIELBERG (Co-Writer)

SUPERNATURAL

TOBE HOOPER (Director)

"THEY'RE HERE"

```
R S S E H T O T L A T R O P T X J M N W
T A F T S I G O L O H C Y S P A R A P G
F P O L T E R G E I S T I I I Z Z Y N D
W F C I T E G M L I F R O R R O H W L Y
B R U C A L I F O R N I A H N P T W Z C
P E E G E A R T H Q U A K E J W I Q R N
O E S R Y R E T E M E C A N O T L I U B
L L T G S S B M A R K V I C T O R R F K
T I A S T E V E N S P I E L B E R G J U
E N V R K L A R U T A N R E P U S R P K
R G E J R E T H G U A D D E T C U D B A
G F R T B E D R O O M C L O S E T I B B
E A D F J K T O B E H O O P E R I L K U
I M E A H F E R E H E R Y E H T E Y O U
S I T D N A L D E S R U C P M B E H U X
T L W E H T I I T S I E G R E T L O P Q
A Y R O S I V D A L A U T I R I P S A M
R N E W D E V E L O P M E N T D H Q K C
Z E P L A N N E D C O M M U N I T Y F S
S V S F I Y S I A R G L E A H C I M H U
```

Answers on page 154.

The Haunted Eastern State Penitentiary

With its unique "wagon wheel" design and emphasis on reform over punishment, the Eastern State Penitentiary in Philadelphia was considered the world's first true penitentiary when it opened in 1829. The prison housed inmates until 1971, including Al Capone; today, it is a museum and historic site. It is also considered one of the most haunted places in America, with reports of hauntings occurring as far back as 1940. Guards, inmates, and visitors have all claimed to have heard voices and laughter and seen dark shadows and ghostly faces within the cells.

CELLS

CHERRY HILL

DARK HISTORY

DARK SHADOWS

EASTERN STATE
(Penitentiary)

GHOSTLY FACES

GHOSTS

GUARDS

HAUNTED

HAUNTED VOICES

INMATES

JUSTICE SYSTEM

MOST HAUNTED
(in America)

NATIONAL HISTORIC
(Landmark)

NINETEENTH CENTURY

PARANORMAL

PENNSYLVANIA

PHILADELPHIA

PRESERVED RUIN

PRISONERS

STRANGE SOUNDS

WAGON WHEEL

WORLD'S FIRST
(Penitentiary)

```
F R M J A Q K G A I H P L E D A L I H P
C L K Y X A H F W A G O N W H E E L S P
J L B R H O A I N A V L Y S N N E P X R
T I F U S L E A S T E R N S T A T E M I
V H L T E P S E C A F Y L T S O H G N S
R Y S N C R C B H F U N U M K B S F A O
Y R A E I W O F G S J F L K A C E G T N
S R W C M W U K L G U A R D S I C H I E
D E O H E N Z L H S R H F J A A I C O R
N H R T T Y E D T N U A H T S O M N S
U C L N S C D L B P T D D W U G V Q A U
O R D E Y I S W O D A H S K R A D L L R
S Z S E S U H E Q F T I F N N S E H H S
E X F T E R H K T X M L Z J O U T A I H
G O I E C A Z Z R A H Q L X D Z N B S A
N J R N I U X N F A M G B W O G U A T U
A D S I T Y V M R R D N B H F L A Y O N
R M T N S Y X N Q G P O I B S F H J R T
T Q X L U N I U R D E V R E S E R P I E
S T V M J J I L A M R O N A R A P V C D
```

Answers on page 155.

Hereditary

Hereditary is a 2018 psychological horror film written and directed by Ari Aster. The film was Aster's directorial debut and received widespread critical acclaim for several aspects of the film's production and performances. The film follows the Grahams, who lose their youngest child in a car accident when their oldest son drives too close to a telephone pole. The family grieves and tries to heal. Annie Graham, the mother, conducts a seance to reconcile with her dead child only to invite darker, older forces into their household.

ANAPHYLACTIC SHOCK

ARI ASTER
(Writer and Director)

CAR CRASH

COVEN

CRITICAL ACCLAIM

DECAPITATION

DIRECTORIAL DEBUT

EVIL DEMONS

FAMILY TIES

GRIEVING FAMILY

HEREDITARY

KING PAIMON

OCCULT RITUALS

OCCULT SIGILS

POSSESSION

PSYCHOLOGICALLY
(Distressing)

SPIRITUAL ADVISOR

TELEPHONE POLE

THE GRAHAMS

TONI COLLETTE

TRAGIC ACCIDENT

```
Q T N H S H E R E D I T A R Y D D L U E
S R O V P T F V N D O W E T I M R Y F L
D A M W N S Y K V G N N O R I V L T S O
E G I A E V Y H Z H N N E A O I Q K L P
C I A G V Q W C S K I C L C M R C O I E
A C P S O P G A H C T C C A U O M G G N
P A G D C W R O O O C U F U H S U T I O
I C N S F C S L R A L G U S S I S O S H
T C I X R V L I L T N O C X S V S V T P
A I K A R E A A R I M I G E N D Z F L E
T D C U T L C I V E T M I I F A B O U L
I E G T D I T E V C C T R A C L N V C E
O N E E T U I I A Y Y E R R T A F Z C T
N T B I A R L L X L E M U I E U L R O L
T U R L G D Y Q I E M M X A H T J L S H
T C S T E H G M Z K O E Z S N I N U Y H
E R T M P S A B C H S X F T N R N J G Q
X E O A F F R F J T R V Z E R I P Z Y O
L N N T H E G R A H A M S R E P I H R U
S A J I T M B I N O I S S E S S O P C X
```

Answers on page 155.

The Witch

The Witch is a 2015 folk horror film written and directed by Robert Eggers. The film was Eggers's directorial debut and attained critical acclaim. The movie is placed in 1630s New England following a family of English settlers who were recently banished from their Puritan settlement. Having built their own homestead, the family makes do by themselves. But everything takes a turn for the worst when their family's newborn baby is kidnapped by a witch. The witch's dark forces quickly dismantle the family's love and resilience.

ANYA TAYLOR-JOY

BANISHED

BLACK PHILLIP

CRITICAL ACCLAIM

DARK FORCES

DIRECTORIAL DEBUT

ENGLISH SETTLERS

FOLKLORE

HOMESTEAD

HORROR FILM

INTO THE FOREST

KIDNAPPED BABY

NEW ENGLAND SETTLEMENT

OCCULTISM

PURITANISM

RELIGIOUS FAMILY

ROBERT EGGERS (Writer and Director)

SUNDANCE FILM FESTIVAL

UNBAPTIZED

WITCH

WITCH'S HOVEL

WITCHCRAFT

```
T U E N G L I S H S E T T L E R S L T K
N N T H X W M Z P G I U L A H D V W U C
E B K C Z I S V I S Z V B V Z O D X B R
M A K T H T I K L G A Q U I X E Q K E I
E P D I V C N F L E N U X T H U Q I D T
L T R W R H A R I B Y D I S M Z T D L I
T I Y T E S T F H S A O I E L F S N A C
T Z F F L H I H P R T N D F I O E A I A
E E U E I O R O K O A W O M F L R P R L
S D T D G V U M C B Y I O L R K O P O A
D U V U I E P E A E L T C I O L F E T C
N A B R O L K S L R O C C F R O E D C C
A C R C U T G T B T R H U E R R H B E L
L R A K S I J E C E J C L C O E T A R A
G B D V F A M A T G O R T N H D O B I I
N U K Z A O V D I G Y A I A P Q T Y D M
E Y K L M A R Y I E F F S D U V N Y L I
W Y J Z I N V C L R Z T M N R V I Y F C
E L P L L T J I E S A L C U G H F Q B I
N B U Y Y U Y M N S Y Q W S N L B L P R
```

Answers on page 155.

A Nightmare on Elm Street

A Nightmare on Elm Street is an 1984 supernatural slasher film written and directed by Wes Craven, and it is the first installment of the nine-film *Nightmare on Elm Street* franchise. The movie follows a group of Midwestern teens who fall prey to a mangled man who comes to kill them in their dreams. The teens try to stay awake as long as they can, but when they fall asleep, Freddy Krueger comes for them.

A NIGHTMARE ON ELM
(Street) (1984, 2010)

DON'T FALL ASLEEP

DREAM WARRIORS
(Part 3, 1987)

FIRST INSTALLMENT

FREDDY KRUEGER

FREDDY VS. JASON
(Part 8, 2003)

FREDDY'S DEAD: THE
FINAL (Nightmare)
(Part 6, 1991)

FREDDY'S REVENGE
(Part 2, 1985)

HORROR FILM

JOHNNY DEPP
(1984 Acting Debut)

MIDWESTERN TEENS

NATIONAL FILM REGISTRY

NINE–FILM FRANCHISE

ONE OF THE GREATEST
(Horror Films of the Time)

SLASHER FILM

SUPERNATURAL

THE DREAM CHILD
(Part 5, 1989)

THE DREAM MASTER
(Part 4, 1988)

WES CRAVEN
(Written and Directed)

WES CRAVEN'S NEW
(Nightmare) (1994)

```
N A T I O N A L F I L M R E G I S T R Y
M W D F C J E H O R R O R F I L M K F T
L E P O X R M L I F R E H S A L S D R S
N S F S N E V G H F E Z M W R U L A E E
J C R N D T L Q J E S E T R A U A Q D T
E R E E L S F E Y R I J H O N B R D D A
G A D E I A S A W O H V E Y I X U G Y E
N V D T H M R B L A C W M G G R T N S R
E E Y N C M O V M L N E X F H W A O D G
V N K R M A I I Q V A N N H T K N S E E
E J R E A E R H Q M R S N D M B R A A H
R O U T E R R T Y J F N L H A Z E J D T
S H E S R D A K E J M E K E R X P S T F
Y N G E D E W V F I L V P U E D U V H O
D N E W E H M Z P Q I A I K O P S Y E E
D Y R D H T A I G Y F R Q N N U A D F N
E D X I T N E K B A E C S L E C A D I O
R E T M F I R S T I N S T A L L M E N T
F P H X F A D Y M J I E V C M V S R A B
K P S M A Y I L S D N W B R R U T F L B
```

Answers on page 155.

The Birds

The Birds is a horror thriller film produced and directed by Alfred Hitchcock. The plot is based upon a 1952 short story by Daphne du Maurier of the same name. For days, people in Bodega Bay, California, are attacked by violent swarms of birds that will peck through boats and houses and fly through windows to attack. *The Birds* was nominated for Best Special Effects at the 36th Academy Awards, but lost to *Cleopatra*.

ACADEMY AWARDS

ADAPTATION

AESTHETICALLY (Significant)

ALFRED HITCHCOCK (director)

ARTISTICALLY (Significant)

BEST SPECIAL EFFECTS

BIRD ATTACKS

BODEGA BAY

CALIFORNIA

CLEOPATRA

DAPHNE DU MAURIER

EVAN HUNTER (Writer)

EVENTUAL ESCAPE

HORROR FILM

LIBRARY OF CONGRESS

NATIONAL FILM REGISTRY

NATURAL HORROR

ROD TAYLOR

SHORT STORY

SWARMS OF BIRDS

THE BIRDS

THRILLER

TIPPI HEDREN

```
F N B Q O R M U D M F C L E O P A T R A
A A E N A T U R A L H O R R O R R O R G L Y N
Y T S S I F L L O Q A I N R O F I L A C
M I T D S E V E N T U A L E S C A P E R
D O S R S N U Y L L A C I T E H T S E A
D N P A E A L F R E D H I T C H C O C K
A A E W R W A P W T H W R E L L I R H T
P L C A G R R Z N S H R F W C H D S O Q
H F I Y N E T U X T H E W P P H V P R A
N I A M O T I Q M I S O B L I H D M R D
E L L E C N S N B P K J R I U Q Z U O R
D M E D F U T M O P C Y R T R V S T R O
U R F A O H I I S I A P A Z S D C E F D
M E F C Y N C R U H T Z E B Y T S I I T
A G E A R A A P E E T A A W A U O G L A
U I C B A V L J P D A P T J K G P R M Y
R S T G R E L Q Z R D M N P H T E Q Y L
I T S L B Q Y X D E R A G O A U Y D E O
E R D U I S V U M N I Y F P D D T K O R
R Y K Z L B S D R I B F O S M R A W S B
```

Answers on page 156.

The Haunted Hotel Bethlehem

The Historic Hotel Bethlehem in Bethlehem, Pennsylvania, stands on the site of the city's first house, which was built in 1741 by members of the Moravian Brethren. In 1823, the Moravians constructed a hotel, known as the Eagle Hotel, on the property, and in 1921, the Eagle Hotel became the Hotel Bethlehem. With its long history, it's not surprising that guests insist the hotel is haunted. Ghostly apparitions in old-fashioned clothing are sometimes seen throughout the hotel, and Room 932 is known for its glowing orbs, flashing lights, and mysterious color-changing wallpaper.

BETHLEHEM

CENTRAL BETHLEHEM (Historic District)

CITY'S FIRST HOUSE

COLOR-CHANGING (Wallpaper)

EAGLE HOTEL

FIRE ON THE FOURTH FLOOR

FLASHING LIGHTS

GHOSTLY APPARITIONS

GLOWING ORBS

GUESTS

HAUNTED

HISTORIC

(Historic) HOTEL BETHLE-HEM

HISTORIC HOTELS OF (America)

LONG HISTORY

MORAVIAN BRETHREN

NATIONAL REGISTER

OLD-FASHIONED CLOTHING

PENNSYLVANIA

STAFF SIGHTINGS

```
F S G N I T H G I S F F A T S W L Q R O
I N H Y E I P Q N B L Z Y S N T H F E L
R D O S S H L E H I C T N H C D H D T D
E Q S B U K Y M N M G H A U N T E D S F
O M T R O D S F N N X N A E O I M I I A
N E L O H U B I G P S Z A T Z E H E G S
T H Y G T I E S E I O Y D H H N I K E H
H E A N S R T X V F B W L E C W S Z R I
E L P I R Q H M E G X G L V S R T Q L O
F H P W I Y L D X B N H S M A B O Q A N
O T A O F U E F T S T B F T I N R L N E
U E R L S M H E W E I P C V S D I D O D
R B I G Y D E B B X Z L Z M T E C A I C
T L T B T P M L T X Y V N Y F I U P T L
H E I Y I J A L E T O H E L G A E G A O
F T O A C R X G Y K N X U K T V J U N T
L O N P T Y R O T S I H G N O L B B I H
O H S N S T H G I L G N I H S A L F Z I
O Q E K M O R A V I A N B R E T H R E N
R C H I S T O R I C H O T E L S O F S G
```

Evil Dead II

Evil Dead II is a 1987 comedy horror film directed by Sam Raimi and co-written with Scott Spiegel. It is a remake of Raimi's 1981 *Evil Dead*, and the second film in the five-film *Evil Dead* franchise. After having received large financial backing after the recommendation of Stephen King, Raimi was encouraged to remake *Evil Dead* before creating its sequel, which would be placed in the Middle Ages. *Evil Dead II* stars Bruce Campbell playing Ash Williams, who goes to enjoy a vacation in the woods with his girlfriend. After Ash plays a found recording of ancient texts called the *Necronomicon Ex-Mortis*, an evil demon is unleashed and possesses Ash's girlfriend and Ash. Ash's girlfriend dies, and Ash continues to try to evade the demon.

ARMY OF DARKNESS

BRUCE CAMPBELL

CHAINSAW HAND

COMEDY HORROR

CULT CLASSIC

EVIL DEAD II: DEAD BY DAWN

EVIL SPIRIT

FILM SERIES

INDEPENDENT FILM

LOW BUDGET

NECRONOMICON EX–MORTIS

OLDSMOBILE DELTA

POSSESSED

REMAKE

SAM RAIMI

SEQUEL

SEVERED HAND

STEPHEN KING

THE EVIL DEAD

WITHIN THE WOODS (Prequel)

```
N N E J P T I R I P S L I V E P K K V H
E W C V H L O G N I K N E H P E T S A I
C A I Y S C L T E G D U B W O L S P U N
R D S J E T S E I I P U Z H D Y I E C D
O Y S P V H D N B B Q Z S Y J V C K L E
N B A O E E O S S P N Y X G C K O A J P
O D L S R E O S S W M Y Z H F E M M S E
M A C S E V W T E T V A A R A F E E E N
I E T E D I E G N N J I C A I E D R Q D
C D L S H L H E K U N I I E Y F Y Y U E
O I U S A D T O R S D K T G C F H I E N
N I C E N E N N A B U U D C H U O S L T
E D F D D A I W D Q Q Q O O A P R X Y F
X A N D N D H J F W B D N M H M R B Y I
M E T X V A T X O L P S X Q Q D O Y I L
O D S G N R I R Y C P C P E R Z R E K M
R L Q D Z Y W F M Q P S A M R A I M I Z
T I Z S O R Y H R F I L M S E R I E S W
I V X T Z R Q S A C N Q G H P V U Q G A
S E O L D S M O B I L E D E L T A Y I D
```

105

Answers on page 156.

The Haunted Masonic Temple

Often referred to simply as "The Masonic," the Detroit Masonic Temple is the largest Masonic temple in the world, encompassing 16 floors and 1,037 rooms. The structure contains public spaces like theaters and banquet halls; it also includes a swimming pool, gym, and bowling alley. Completed in 1926, the entire structure was designed by architect George D. Mason, who is now said to haunt his creation. Many guests claim to have seen Mason in the vast halls, and visitors report cold spots, slamming doors, and a feeling of being watched.

BANQUET HALLS

BEING WATCHED

BOWLING

COLD SPOTS

CONCERT VENUE

FREEMASONS

GEORGE D. MASON

GHOSTS

GYM

HANDBALL

HAUNTED

HISTORIC PLACE

LARGEST MASONIC TEMPLE (in the World)

NATIONAL REGISTER

ONE-THOUSAND ROOMS

PARANORMAL

POOL

SIXTEEN FLOORS

SLAMMING DOORS

SWIMMING POOL

(The) DETROIT MASONIC TEMPLE

THE MASONIC

THEATERS

YORK RITE COLLEGE

```
D Q D B E I N G W A T C H E D R U L F G
M E H E G E L L O C E T I R K R O Y E L
X T T H B A N Q U E T H A L L S V S N H
H P A R A N O R M A L X M M A W M L H S
A P A L O O P G N I M M I W S O T Q A R
W X D Y H I P Z E O L G G C O H Y S N O
E D D C A K T O M L I Q S R E C L O D O
A X J U U B S M O B I N D M Z A U H B L
C U I V N U U N A L O N A R M Y K E A F
O B T Z T L J J O S A S J M Q Y Q W L N
L A R G E S T M A S O N I C T E M P L E
D Y J N D L W M U N A N G H O S T S D E
S K Q A A A D O I R G M I O P B W X P T
P U Q M E E H C H D Z H E C C F Y V S X
O S Y Q G T W F O F L S R E T A E H T I
T G N R E I V O G S H M M M R E T K I S
S C O N C E R T V E N U E O D F M E I C
K E O X M S E B O W L I N G V C C P S S
G R E T S I G E R L A N O I T A N F L K
Z C H I S T O R I C P L A C E A S N H E
```

Answers on page 156.

The Wabasha Street Caves

The Wabasha Street Caves in Saint Paul, Minnesota, are technically "mines" since the sandstone caves were man-made. Dating back to the 1840s, the caves have been used for everything from storage space to speakeasies; the caves supposedly welcomed mobsters and gangsters in the 1920s. Some of these gangsters are said to haunt the space today, which is now used as an event hall. Patrons have reported seeing apparitions of men in 1920s attire and shadowy figures on the dance floor.

APPARITIONS

CASTLE ROYAL

DANCE FLOOR

DANCING GHOSTS

GANGSTERS

HAUNTED

MAN-MADE CAVERNS

MINES

MINNESOTA

MISSISSIPPI RIVER

MOBSTERS

OLD-FASHIONED

RIVERSIDE

SAINT PAUL

SANDSTONE CAVES

SHADOWY FIGURES

SPEAKEASY

STORAGE SPACE

WABASHA STREET CAVES

```
J Y C R O X M I N N E S O T A K W J F F
W B S W C S A T N D N N D E I K Z W H U
A E J B V K H D A N C I N G G H O S T S
B I S E S U B N X U Z X W K B F G S G E
A I B T P Q C M P G C V C O D B Z E A S
S O S I O E S Y S A E K A E P S O V N S
H P L N F R L V X P G R V W J A L A G E
A P B L O L A Y O R E L T S A C D C S R
S Q O E H I N G B S L H V C O Q F E T U
T O E X K T T D E O R E N B H L A N E G
R C D C G M X I H S K O E S P C S O R I
E U I G Q P O G R A P Y K M F V H T S F
E E S S R T B N A U A I D B H I S I Y
T M R S P U N R S L P N C O I Y O D B W
C A E K T N E C P T E P T E D K N N F O
A B V M R C V J W S E S A E M Z E A U D
V X I H U R O W A F S R C G D D D S Q A
E R R R E V I R I P P I S S I S S I M H
S N R E V A C E D A M N A M B X V V I S
N V J E K J B L U A P T N I A S J J V E
```

Answers on page 157.

The Silence of the Lambs

The Silence of the Lambs is a 1991 psychological horror film directed by Jonathan Demme and adapted from the 1988 Thomas Harris novel of the same name. The film follows Clarice, played by Jodie Foster, who is an FBI agent pursuing a serial killer, "Buffalo Bill," who kills and skins his female victims. Clarice seeks the advice of the cannibalistic serial killer and criminal psychologist, Dr. Hannibal Lecter, played by Anthony Hopkins. It was the fifth-highest grossing film of 1991, and won all five of the major categories of the Academy Awards: Best Picture, Best Actor, Best Actress, Best Director, and Best Adapted Screenplay.

ACADEMY AWARDS

ADAPTED

ANTHONY HOPKINS

BEST ACTOR

BEST ACTRESS

BEST ADAPTED (Screenplay)

BEST DIRECTOR

BEST PICTURE

BUFFALO BILL

CANNIBAL

CLARICE

CRIMINAL PSYCHOLOGIST

DR. HANNIBAL LECTER

FBI

FEMALE VICTIMS

FIFTH–HIGHEST GROSSING (of 1991)

INVESTIGATION

JONATHAN DEMME (Director)

JODIE FOSTER

PSYCHOLOGICAL

SERIAL KILLER

THE SILENCE OF THE LAMBS

THOMAS HARRIS

```
U M J O A N T H A N D E M M E I S H O B
T H E S I L E N C E O F T H E L A M B S
G N I S S O R G T S E H G I H H T F I F
E G S P P H X P S E R I A L K I L L E R
C R I M I N A L P S Y C H O L O G I S T
Z U G F S D R S I R R A H S A M O H T L
O E K S A F S N I K P O H Y N O H T N A
J K C T E R U T C I P T S E B H U B P B
C X S I A C A D E M Y A W A R D S E J I
T E Z U R F L A C I G O L O H C Y S P N
B B R W B A S H T X A N J K Q K P T H N
O M O I S A L D R T O Z M R O S J A Y A
A S D T F A Q C S J N L M Q O A U C F C
A T J Q M D J O D I E F O S T E R T K D
Q N O I T A G I T S E V N I W C W R M K
X F V S S P A B E S T A C T O R Y E Q F
D G O J G T B U F F A L O B I L L S R W
S R E T C E L L A B I N N A H R D S S C
O J X T E D F E M A L E V I C T I M S S
G T I P L E B A R O T C E R I D T S E B
```

Answers on page 157.

The Thing

The Thing is a 1982 science-fiction horror film directed by John Carpenter and written by Bill Lancaster. The movie follows a group of scientists in Antarctica who encounter a parasitic extraterrestrial lifeform who can mimic and imitate its victims. Not knowing who is infected by the "Thing" or not, the isolated crew becomes increasingly paranoid of each other. The crew tries to escape, while the Thing tries to reassemble its flying saucer and escape as well.

ADAPTED

ALIEN

ALIEN LIFEFORM

ANTARCTICA

ASSIMILATING

BILL LANCASTER (Writer)

CULT CLASSIC

ESCAPE

EXTRATERRESTRIAL

IMITATES

INFECTED

ISOLATED

JOHN CARPENTER (Director)

JOHN W. CAMPBELL JR. (Author)

KEITH DAVID

KURT RUSSELL

MIMIC

PARANOIA

PARASITE

SLED DOG

THE THING

WHO GOES THERE? (Novella)

```
Y E B I L L E S S U R T R U K Y M J L V
G Y V O E R E H T S E O G O H W L F O T
J Y E D O G N B A X O A Q O D R G S D M
M O N P A R A N O I A X U D H X E S O H
D I H L A I R T S E R R E T A R T X E A
G Q M N A S S I M I L A T I N G L X J B
Z C R I C E U P J B C A H V F J E O V H
S I B E C A S I S Y N I F R O A H X K K
E S Q W T N R N R T G Y S D O N Z C Q E
T S W C J S E P A W B N E O W U A X L I
A A W L A I A R E P L T I C L D R L U T
T L Y S L I C C A N C W A H A A G W R H
I C P A B T S R N E T M K P T O T B T D
M T U M I A A T F A P E T O D E A E D A
I L Y C S S T N C B L E R D B S H K D V
B U A X I G I J E Y D L E C D M O T O I
C C Y T O X Q L H L P L L E S C A P E D
E K E D W P L P K A S G L I B H D X U V
Z K M S I J I K J D O A L W B P E Q O B
I Q Q D R I N A L I E N L I F E F O R M
```

Answers on page 157.

The Haunted King's Chapel Burying Ground

As the oldest graveyard in Boston, the King's Chapel Burying Ground is featured on the city's famous Freedom Trail. The graveyard, established in 1630, is the final resting place of many prominent Massachusetts colonists, including Mary Chilton, the first European woman to set foot in New England. Unsurprisingly, this historic graveyard comes with its fair share of ghosts. Many have seen glowing orbs and heard voices on the grounds, but perhaps most disturbing are the occasional muffled screams that seem to emanate from the graves.

BOSTON

BURYING GROUND

CEMETERY

COLONISTS

ENGLISH SETTLERS

FIRST EUROPEAN WOMAN (to Step Foot in New England)

FREEDOM TRAIL

GHOSTS

GRAVEYARD

HAUNTED

HISTORIC

JOHN COTTON

JOHN WILSON

JOHN WINTHROP

KING'S CHAPEL

KING'S CHAPEL BURYING (Ground)

MARY CHILTON

MASSACHUSETTS

MUFFLED SCREAMS

NEW ENGLAND

PURITANS

SEVENTEENTH CENTURY

TREMONT STREET

```
K I N G S C H A P E L B U R Y I N G Z K
F K I N G S C H A P E L C C Q C C H M L
I S D Y G E L Y R E T E M E C O R A N G
R E N N R P W V V Y F M E U L F S K N E
S V O M U D E T N U A H I O B S S T E H
T E T U T O L V R C Z V N K A T J R W N
E N S F M I R E R G A I D C S O F E E X
U T O F H A F G F F S Y H O H N J M N L
R E B L R V R E G T Y U H N Q S I O G G
O E V E R E T Y S N S G W T Z U S N L S
P N F D S X E Y C E I I D Q T L P T A J
E T D S N T A D T H N Y H G I I T S N O
A H R C A S J T O T I I R W I Z W T D H
N C A R T I S N H M S L N U E Y P R R N
W E Y E I L R R D T T H T P B J Q E H C
O N E A R P O S O D O R M O M B D E R O
M T V M U P O R C J O Y A I N O Y T H T
A U A S P Y I I T I Q R E I G G C I K T
N R R N D C B U B M H G M Z L B F L H O
F Y G E N G L I S H S E T T L E R S L N
```

 Answers on page 157.

The Haunted Zombie Road

Lawler Ford Road in Wildwood, Missouri, was constructed in the 1860s to create access to the Meramec River. Less a true "road" and more a trail, the two-mile-long, 10-foot-wide path is better known by its nickname, "Zombie Road." Legends tell of a "zombie killer" who lived in a shack by the trail, and some believe he still haunts the area today. Other sightings on the road include the ghosts of Civil War soldiers and children. But the most common reports are of shadowy, humanoid shapes that follow travelers down the trail.

BIKE PATH

CIVIL WAR

CIVIL WAR SOLDIERS

CLOSED AT NIGHT

GHOST SOLDIERS

GHOSTS OF CHILDREN

HAUNTED AREA

HISTORIC TRAIL

HUMANOID SHAPES

LAWLER FORD ROAD

LOCAL LEGENDS

MERAMEC RIVER

MISSOURI

OLD SHACK

PARANORMAL ACTIVITY

PEDESTRIAN PATH

SHADOWS

ST. LOUIS COUNTY

TRAVELERS

WILDWOOD

ZOMBIE KILLER

ZOMBIE ROAD

```
J A P A R A N O R M A L A C T I V I T Y
I H W I S A R L I A R T C I R O T S I H
E T L B W F K C I V I L W A R E U N F X
C A N L B T Z O M B I E K I L L E R H B
I P E Q A W Q X C U O M I L C C O S I C
V N R T N E N X H J I K O D P B E K T H
I A D S Y W R H L S F C D S M P E D O I
L I L C A T X A S N A F R P A P V A L S
W R I W L G N O D L L E F H A A V O D H
A T H D P O U U L E I Q S T G C D R S A
R S C V A R S E O D T D H T J O N D H D
S E F F I O G E L C I N R Q O M Y R A O
O D O O M E R O D O S A U W R V V O C W
L E S N N E S E N A V I D A C E J F K S
D P T D U T T A I E T L U D H A C R J O
I N S A S F M C L B I N C O H S K E U S
E D O O G U J E A W M N I Z L T B L D E
R H H O H S R R O C V O M G K T L W M A
S G G E H S U I X Y D O Z U H Q S A K W
J H D R E V I R C E M A R E M T A L N P
```

117

Answers on page 158.

Hellraiser

Hellraiser is a 1987 supernatural horror film written and directed by horror novelist Clive Barker. The film is Barker's directorial debut and is based on his own 1986 novella *The Hellbound Heart*. The film is the first installment of the *Hellraiser* series, which surrounds the mysteries of a mystical puzzle box that summons a group of trans-dimensional, sadomasochistic beings called the Cenobites. The Cenobites do not distinguish between pleasure and pain and torture everyone who comes into the possession of their puzzle box.

ADAPTATION

CENOBITES

CLIVE BARKER (Writer and Director)

DIRECTORIAL DEBUT

DOUG BRADLEY (Pinhead Actor)

HELLBOUND: HELLRAISER (II) (1988)

HELLRAISER (1987, 2022)

HELLRAISER III: HELL ON (Earth) (1992)

HELLRAISER: BLOODLINE (1996)

HELLRAISER: DEADER (2005)

HELLRAISER: HELLSEEKER (2002)

HELLRAISER: HELLWORLD (2005)

HELLRAISER: INFERNO (2000)

HELLRAISER: JUDGMENT (2018)

(Hellraiser:) REVELATIONS (2011)

HORROR FILM

HORROR NOVELIST

MASOCHISTIC

PINHEAD

REMAKE

SADISTIC

SADOMASOCHISTIC

SUPERNATURAL

THE HELLBOUND HEART (Novella)

TRANS-DIMENSIONAL

```
H E L L R A I S E R H E L L S E E K E R
H H E L L B O U N D H E L L R A I S E R
F T M L I F R O R R O H M V V C N U G T
H E L L R A I S E R B L O O D L I N E R
T G E K C S P I N H E A D T Y I L Z V A
U E K A M E R B S R Q Q B M F V A I M E
B C G I N O I T A T P A D A M E L T T H
E Y E L D A R B G U O D H T E B W J H D
D T R A N S D I M E N S I O N A L B E N
L M E R S A D I S T I C L F F R J Q L U
A O C E N O B I T E S M N O K K D X L O
I S U P E R N A T U R A L A G E H X R B
R H O R R O R N O V E L I S T R P E A L
O R E D A E D R E S I A R L L E H R I L
T H W F D R E V E L A T I O N S U S E
C N O L L E H I I I R E S I A R L L E H
E C I T S I H C O S A M O D A S O O R E
R D L R O W L L E H R E S I A R L L E H
I T N E M G D U J R E S I A R L L E H T
D O N R E F N I R E S I A R L L E H D S
```

The Haunted Hawthorne Hotel

An elevator and the sixth floor are considered haunted in this downright creepy hotel in Salem, Massachusetts, which was named after author Nathaniel Hawthorne. Historians say a double murder occurred on the hotel's grounds; guests have felt cold spots, reported moving furniture, and even seen sightings of a ghostly woman.

COLD SPOTS

CREEPY

DOUBLE MURDER

ELEVATOR

FRANKLIN BUILDING
(Razed)

GHOSTLY WOMAN

GHOSTS

GUEST ENCOUNTERS

HAUNTED

HISTORIC HOTELS
(of America)

HISTORIC

PRESERVED

MASSACHUSETTS

MOVING FURNITURE

PARANORMAL

SALEM

SIXTH FLOOR

VIOLENT HISTORY

WASHINGTON SQUARE
WEST

```
W E C E R U T I N R U F G N I V O M R C
A L U G F U Y D O U B L E M U R D E R T
S E Y P P R R C H S F M J Y B D H E D G
H V R H D W A V W D E T N U A H E E F P
I A O I F S T N T F W Y N Z I P V P A C
N T T S V S R J K L F G V B Y R M R B W
G O S T L T C E Y L R D O T E N A D M T
T R I O Y T A B T M I B K S J N H P U N
O S H R E E T L U N J N E W O A V H A B
N I T I A S Z Z B N U R B R V G Z M M A
S X N C O U S E S B P O M U P V O R O A
Q T E H L H T G R A L A C A I W Q K J J
U H L O Z C S V O A L H V N Y L S L F J
A F O T Q A O X B Y J P I L E L D K F B
R L I E M S H H D J K N T S D T O I B U
E O V L D S G F E A Z S Y I T Z S A N A
W O O S X A X U T V O B T K L O C E R G
E R E U P M H Q H H L R L Y G Z R H U J
S W L H H H A F G L K D U F M A V I W G
T O S A L E M B W X S T O P S D L O C W
```

121

The Ring

The Ring is a 2002 psychological supernatural horror film directed by Gore Verbinski, remaking Hideo Nakata's 1998 *Ring*, which was adapted from Koji Suzuki's 1991 novel of the same name. The film is one of the most successful horror remakes of all time, and grossed nearly $249 million in box-office sales. *The Ring* follows a journalist, played by Naomi Watts, as she investigates a mysterious videotape that supposedly causes your death seven days after being watched. The journalist watches the tape and begins to experience a series of haunting visions of a young girl that loom over her life.

ADAPTATION

DEATH WITHIN SEVEN DAYS

FINANCIAL SUCCESS

GHOSTS

GORE VERBINSKI (Director)

HANS ZIMMER (Composer)

HIDEO NAKATA

HORROR FILM

INVESTIGATION

JOURNALIST

KOJI SUZUKI (Author)

MYSTERIOUS VIDEOTAPE

NAOMI WATTS

NOVEL

PSYCHOLOGICAL

REMAKE

RING

SCARY

SUPERNATURAL

TERRIFYING VISIONS

THE RING

```
S O E U D H S C Q Y G I N G V Y D L B I
M Y P M Z I N I O C L H T O U Y H X K Q
N W A I O N J V K D G U O E V O V S Y T
M L T D N H E O L Z Z H C S R E N I T E
F A O L N I P X U S M R X R T I L N N R
I R E U R E J Q C R A O O D B S B V L R
N U D L R J V A H Q N R H R W G Q E A I
A T I C W A R E Z T F A E G N I R S C F
N A V O T Y T F S I G V L I M J Q T I Y
C N S I O H R A L N E F C I H C C I G I
I R U K V N E M K R I W A L S I O G O N
A E O U H O M R O A E H V S I T U A L G
L P I Z B I M G I D N K T Y Y L D T O V
S U R U H T I R Q N A O A I X L U I H I
U S E S W A Z G T Z G S E M W B X O C S
C E T I M T S U P G J U U D E H D N Y I
C R S J K P N C C R U E F J I R T V S O
E Y Y O G A A L B Z S S S N E H T A P N
S G M K P D H N O A M I W A T T S J E S
S Y E M U A P R N R F R O D X N S X Q D
```

123

Answers on page 158.

The Haunted Henderson Castle

Henderson Castle sits on a hill overlooking downtown Kalamazoo, Michigan. It was built in 1895 by Frank Henderson, one of Kalamazoo's most successful businessmen. Henderson's 25-room house included seven bathrooms, a ballroom, and an elevator, but he was only able to enjoy the home for four years before he died in 1899. Many guests believe that Frank and his wife, Mary, continue to haunt the house. Visitors and staff have seen apparitions, heard voices and doors slamming, and have felt a presence walk by on the staircase.

APPARITIONS	KALAMAZOO
BED AND BREAKFAST	MARY HENDERSON
BUSINESSMAN	MICHIGAN
EERIE PRESENCE	PARANORMAL
FRANK HENDERSON	QUEEN–ANNE–STYLE
GHOSTS	SEVEN BATHROOMS
GUESTS	SLAMMING DOORS
HAUNTED	STAFF SIGHTINGS
HAUNTED VOICES	SUCCESSFUL
HENDERSON CASTLE	TWENTY–FIVE ROOMS

```
T S E V E N B A T H R O O M S B X C M H
T U P A R A N O R M A L B J R U D I A S
B B H A U N T E D V O I C E S P C U S S
E H J S W N A Y A Y G Z E R D H N N T R
N H T A T X R S J P I C I V I T T O A O
N B E E A S Q W P F N U Y G E A W S F O
N S E N C E O E E E F A A D R P E R F D
P A M D D P P H S O L N Z O J P N E S G
Y N M U A E J E G U B M B O J A T D I N
N B V S Q N R U F Y F F J Z E R Y N G I
C I F Q S P D S Z S J J X A B I F E H M
G N R P E E S B O Y D C A M D T I H T M
T O X I S E N O R N N I V A T I V K I A
Z O R Q C K E I J E C N G L C O E N N L
Y E I C V S R I S T A A Z A M N R A G S
E Y U V R C B Q P U U K S K W S O R S V
L S O U Z L N U Q J B V F T G N O F J K
R C S T S E U G C T S O V A L B M I V C
F N O S R E D N E H R A M X S E S G X Q
X E L Y T S E N N A N E E U Q T L V Q M
```

Get Out

Get Out is a 2017 psychological horror film written, co-produced, and directed by Jordan Peele. The film was Peele's directorial debut and received widespread critical and commercial success. It won Best Original Screenplay at the 90th Academy Awards and was nominated for Best Picture, Best Director, and Best Actor. It follows a young Black man as he struggles to keep his freedom and his mind when he uncovers the twisted history of his girlfriend's White family.

ACADEMY AWARDS

ALLISON WILLIAMS

BEST ACTOR

BEST ORIGINAL
(Screenplay, Won)

BEST PICTURE

COMMERCIAL SUCCESS

CRITICALLY ACCLAIMED

DANIEL KALUUYA

DARK HISTORY

DIRECTORIAL DEBUT

FAMILY SECRETS

GET OUT

HORROR FILM

HYPNOTHERAPY

JORDAN PEELE
(Writer and Director)

LAKEITH STANFIELD

MICHAEL ABELS
(Composer)

PSYCHOLOGICAL

SUNDANCE FILM FESTIVAL

```
L H H A R D B E C D H V R K K T C L T H
N A N L M C X Q M X M Q N M C D W G U O
R D C L E L E E P N A D R O J T E W B R
Y A Q I Z Z U B X C A X Y A J T R M E R
P N F S G H W H E X K R L G O Z U I D O
A I F O E O W Z Q S O T L U L O T C L R
R E T N A I L I S T T A T K K N C H A F
E L X W P Q R O S X N A Q Z F J I A I I
H K X I J V A I H I C I C K Y H P E R L
T A F L T L H S G C O E E T F B T L O M
O L C L O K L I Q T Y K I A O U S A T D
N U S I R Q R E L M H S X U C R E B C B
P U J A Q O W R E V W L P N B T B E E Y
Y Y D M T E U H B M U I I N O R G L R C
H A U S T E R C E S Y L I M A F B S I T
Z M E L A K E I T H S T A N F I E L D K
X B S S E C C U S L A I C R E M M O C S
U A A C A D E M Y A W A R D S O U H P B
V C R I T I C A L L Y A C C L A I M E D
L A V I T S E F M L I F E C N A D N U S
```

 Answers on page 159.

Us

Us is a 2019 psychological horror film written and directed by Jordan Peele. The film follows Adelaide Wilson and her family as they encounter a malicious group of doppelgangers. Adelaide was once so worried that something bad was going to happen, but little did she know from where that trouble would stem.

ADELAIDE WILSON

ANIMALISTIC

DOPPELGANGERS

ELISABETH MOSS

HORROR FILM

HOUSE OF MIRRORS

JORDAN PEELE

LUPITA NYONG'O

MENACING

PSYCHOLOGICAL

PYROMANIAC

SADISTIC

SOUTH BY SOUTHWEST (Premiere)

TERRIFYING

THE TETHERED

TIM HEIDECKER

US

WILSON FAMILY

WINSTON DUKE

```
E K B H U V W N V Z I E F U F E V Q W U
P E E B O S L J A I V S I Q T Z T Y I T
Q L Y F G H O R R O R F I L M S W U B P
U W K H N G C X C E S A F R E J C W P H
H C L K O O U P R S M F Y W R J R N Y O
P I L Z Y O T O T C Z T H J Z E O P R U
B T X K N Q O Z P I H T E Y L S M J O S
C S Y H A U A K O D U L L I L E G R M E
T I A M T K J I E O E I S I N G N M A O
I L P U I J L X S E M A W A L F I L N F
M A P H P X Y Y P A B E C M G D Y C I M
H M A J U O B N F E D I Y Q U Q F V A I
E I A Z L H A N T I N I B Q T O I C C R
I N B X T D O H A G M T S R L I R Y X R
D A D U R S M L T H E T E T H E R E D O
E D O O L O E Z I E S G K U I C E N E R
C S J I S D W F C Z Y J P Q D C T Y E S
K A W S A B N V B E K U D N O T S N I W
E Q F S R E G N A G L E P P O D C W S X
R Z E P S Y C H O L O G I C A L K A W A
```

The Haunted House of Seven Gables

Also called the Turner-Ingersoll Mansion, the House of the Seven Gables in Salem, Massachusetts, was made famous by Nathaniel Hawthorne's novel of the same name. Named for its triangular, gabled roof, the house was originally built in 1668, with additions added in the eighteenth century. A longtime fixture in a town famous for its witch trials, the house is believed by many who visit to be haunted. Ghostly figures have been seen on staircases and peering through windows, and guests often hear voices and footsteps.

APPARITIONS

COLONIAL MANSION

CURSED

EIGHTEENTH CENTURY

GABLED ROOF

GHOSTLY FIGURES

GHOSTS

HAUNTED

HOUSE OF SEVEN GABLES

MASSACHUSETTS

MYSTERIOUS VOICES

NATHANIEL HAWTHORNE

NON–PROFIT MUSEUM

NOVEL

PEERING THROUGH (Windows)

RANDOM FOOTSTEPS

SALEM

SEVENTEENTH CENTURY

TOURIST ATTRACTION

TURNER–INGERSOLL (Mansion)

WITCHCRAFT

WITCHES

```
J F G O S E R U G I F Y L T S O H G T S
T O U R I S T A T T R A C T I O N S U N
W O W A U C O H U H C W F Q N O E D R Y
N R S H A U N T E D U A C F T L Y F N R
O D T P T K N L N E R T N P B R A Q E U
N E T I E Y E V K C S V X A U P W K R T
P L E R K V K B H K E A G T P V D Y I N
R B S N O N N C J W D N N A T T N S N E
O A U N O J T B G F E E R M X D Z A G C
F G H L Z I K H Z V C I Q Z H I J L E H
I R C I W K O X E H T I X D Q S L E R T
T B A W Y S E S T I G N Y J F I J M S N
M V S Q T H F N O X T N Z F Q A P Y O E
U M S S V O E N Q X S T C P O Q N T L E
S B A T E E S B S E H C T I W I C R L T
E W M S T C O L O N I A L M A N S I O N
U A U H G H G U O R H T G N I R E E P E
M O G R A N D O M F O O T S T E P S B V
H I G S E C I O V S U O I R E T S Y M E
E N A T H A N I E L H A W T H O R N E S
```

 Answers on page 159.

Alien

Alien is a 1979 science-fiction horror film directed by Ridley Scott and written by Dan O'Bannon. It is the first film of the six-film *Alien* franchise. The film follows the crew of *Nostromo*, a space tug ship, who encounter a derelict spaceship seemingly abandoned in an uncharted zone. Upon entering the ship, the crew comes up against an aggressive alien species that had been set loose on the ship. The art direction around the alien was conducted by Swiss artist H.R. Giger, who is known for his biomechanical and gothic styles.

ACADEMY AWARDS

ALIEN

ALIEN THREE (1992)

ALIEN VS. PREDATOR (2004)

(Alien vs. Predator:) REQUIEM (2007)

ALIEN: COVENANT (2017)

ALIEN: RESURRECTION (1997)

ALIENS (1986)

BIOMECHANICAL

DAN O'BANNON (Writer)

DERELICT SPACESHIP

EXTRATERRESTRIAL

H.R. GIGER

HORROR FILM

NOSTROMO

PREQUELS

PROMETHEUS (2012)

RIDLEY SCOTT (Director)

RIPLEY

SCIENCE-FICTION

SEQUELS

SIX-FILM FRANCHISE

UNCHARTED PLANET

XENOMORPH

```
Y C U R L H N A R T S S S E Q U E L S V
I X N E S A T O L N H X S G R M Z R G D
I N C Q I R I V I I O P N L U T U H U K
A N H U X I N R A T E S R E E S I W D R
R O A I F P V R T W C N T O I U K K R G
S I R E I L I N F S V I C R M L Q S M K
D T T M L E D S N S E K F O O O A E I X
R C E K M Y A A Q R N R H E V M N H R X
A E D Y F Z N J J G Q E R Y C E O E I P
W R P N R G O D F I V D I E D N N Q X I
A R L S A D B T I H M J Y L T A E A Y C
Y U A R N Q A W I M M U E C A A Y I N S
M S N A C B N F S U E H T E M O R P C T
E E E R H T N E I L A O U U S X T T G S
D R T V I N O R I D L E Y S C O T T X T
A N V N S G N H Q V R E G I G R H U M E
C E K E E A L I E N V S P R E D A T O R
A I D Z H O R R O R F I L M D X A I Y N
M L D E R E L I C T S P A C E S H I P E
Q A A J Y R J B I O M E C H A N I C A L
```

Answers on page 160.

The Haunted Governor's Mansion

Missouri's Governor's Mansion is one of the oldest governor's mansions in the country. Completed in 1871, it has been the home of the state's sitting governor since 1872. In the 1880s, Thomas Chittenden's 10-year-old daughter died in the mansion from diphtheria. During renovation work more than 100 years later, a repairman reportedly heard a little girl playing in the home; he later asked a housekeeper about the girl's identity. The housekeeper said that there was no else in the mansion, and the repairman promptly fled the home.

APPARITIONS

DIPHTHERIA

GHOSTLY LITTLE GIRL

GOVERNOR

HISTORIC PLACE

JEFFERSON CITY

MANSION

MISSOURI

MISSOURI RIVER

NATIONALLY REGISTERED

OPEN TO THE PUBLIC

PHANTOM SOUNDS

PLAYING

STATE CAPITOL BUILDING

TEN–YEAR–OLD DAUGHTER

THOMAS CHITTENDEN

TOURS AVAILABLE

```
N A T I O N A L L Y R E G I S T E R E D
S T A T E C A P I T O L B U I L D I N G
V U Y U Y T I C N O S R E F F E J W P Z
N E D N E T T I H C S A M O H T T F T E
T T E N Y E A R O L D D A U G H T E R C
M F R E V I R I R U O S S I M H N P K A
K G H O S T L Y L I T T L E G I R L E L
N Y R Q M F W U J M A N S I O N E W L P
O P E N T O T H E P U B L I C K Y E B C
K G M F C M N X S N O I T I R A P P A I
T W O J I V L P N H N D G Y K J M E L R
J X D V G Z E X T S I K K D G M P Q I O
P X S J E A F B Y P V P F H R I P H A T
F N V K P R K Y H Q L O H O Q S O G V S
J Q Q U B W N T N A N Z G N I S T X A I
B W R S H V H O Y T M S B X X O Z P S H
X Q Y N A E D I R Z Y J Q U W U N C R X
F T X T R B N C M W T H Z P A R S T U A
K R F I Y G G N M A P E V W W I W B O L
Q E A E S D N U O S M O T N A H P Y T K
```

Answers on page 160.

Night of the Living Dead

Night of the Living Dead is a 1968 independent horror film directed, photographed, and edited by George A. Romero and co-written with John Russo. The film was one of the most successful independent films of its time, and it is deemed to be the originator of the modern-day zombie film and pivotal for the horror genre as a whole. The story surrounds seven individuals inside of a rural home as it is increasingly surrounded by flesh-eating undead people, or zombies as they've come to be known. The film is the first of the seven-film *Night of the Living Dead* franchise.

DAWN OF THE DEAD (1978)

DAY OF THE DEAD (1985)

DIARY OF THE DEAD (2007)

FLESH-EATING

FRANCHISE

GEORGE A. ROMERO

HUGELY SUCCESSFUL

INDEPENDENT FILM

JOHN RUSSO

LAND OF THE DEAD (2005)

MODERN–DAY ZOMBIE TROPE

NIGHT OF THE LIVING DEAD

PIVOTAL

SURVIVAL OF THE DEAD (2009)

TWILIGHT OF THE DEAD (TBA)

UNDEAD

ZOMBIE FILM

```
M Y P L A T O V I P A C M N X V B N L Y
Q O F R A N C H I S E F O I E W J C A J
I D D H U H K V V K O C S G W X Z W N E
N A M E P T D B M U O J C H N N O R D Z
D W L L R X A U N D E A D T X D R A O P
E N I U Y N E Z T I O P M O C E E F F D
P O F F J R D M C D B I U F E D M L T I
E F E S O S E A K F J S D T E W O E H A
N T I S H B H T Y C Y A V H A V R S E R
D H B E N F T N E Z Y M T E S N A H D Y
E E M C R V F B W O O F Y L Y E E E E O
N D O C U Y O H F E O M S I A N G A A F
T E Z U S E T T U L F S B V W N R T D T
F A V S S C H Y A I V S O I A P O I E H
I D S Y O E G V W F W V E N E O E N V E
L X D L D V I H G B R U P G V T G G Z D
M I X E D V L R Q P G P A D G W R K H E
L L A G R S I T N R T Q U E U S R O Z A
O D N U H V W F E S O D I A F R N D P D
A O S H B Z T N O G X Z S D L O A Q N E
```

Answers on page 160.

The Haunted Stoney Baynard Ruins

The Stoney-Baynard Plantation, also called the Baynard Ruins, is located on Hilton Head Island in South Carolina. Dating back to the late 1700s, the plantation was built by Revolutionary War hero Captain Jack Stoney, and in 1837 became the property of William Baynard. Much of the plantation was burned down in the late 1800s, but the foundations, made of a mix of oyster shells, lime, sand and water, remain. Some say Baynard remains as well, with many visitors claiming to have seen his spirit wandering the property, sometimes followed by a ghostly funeral procession.

ATLANTIC OCEAN

BAYNARD COVE ROAD

BAYNARD RUINS

BURNED

CALIBOGUE SOUND

CAPTAIN JACK STONEY

COTTON PLANTATION

EIGHTEENTH CENTURY

FUNERAL PROCESSION

GHOST

HAUNTED

HILTON HEAD ISLAND

HISTORIC

NEVER REBUILT

REVOLUTIONARY WAR

SEA PINES PLANTATION

SOUTH CAROLINA

STONEY–BAYNARD (Plantation)

VISITOR SIGHTINGS

WANDERING SPIRIT

WILLIAM BAYNARD

```
J X I L P D R W S B B N B F V Z O I G D
P S E X R A H O G S K Y U S T T O H W T
I J I Y E O I L N N N E R E N F W I A S
S R G D T R L A I E O N N A A A A S Z C
T T H E Q E T Q T V I O E P E C N T V O
O F T T W V O C H E S T D I C J D O D T
N A E N I O N T G R S S E N O T E R N T
E N E U L C H S I R E K F E C S R I U O
Y I N A L D E N S E C C U S I O I C O N
B L T H I R A I R B O A S P T H N M S P
A O H Z A A D U O U R J I L N G G M E L
Y R C S M N I R T I P N A A A C S V U A
N A E R B Y S D I L L I F N L Q P X G N
A C N L A A L R S T A A T T T H I H O T
R H T V Y B A A I U R T B A A S R W B A
D T U H N G N N V N E P V T T L I G I T
V U R G A B D Y D E N A W I X Z T O L I
W O Y K R F W A X G U C B O W B I T A O
N S W D D B Y B C D F P D N P W D V C N
R C W R A W Y R A N O I T U L O V E R S
```

The Wicker Man

The Wicker Man is a 1973 folk horror film directed by Robin Hardy and written by Anthony Shaffer, based on David Pinner's 1967 novel *Ritual*. The film follows an investigator looking into the disappearance of a young girl. His investigation leads him to a Hebridean island off the coast of Scotland where a commune of occultists live. Unfortunately for the investigator, the occult rituals and overt paganism he finds so disturbing also causes his untimely demise.

ADAPTATION

ANTHONY SHAFFER (Writer)

CELTIC PAGANISM

COMMUNE

DISAPPEARANCE

FOLK HORROR

HEBRIDEAN ISLAND

HORROR FILM

INVESTIGATION

INVESTIGATOR

LORD SUMMERISLE

NOVEL

OCCULT

PAGANISM

RITUAL (Novel)

RITUALS

ROBIN HARDY (Director)

SCOTLAND

SUMMERISLE

THE WICKER MAN

```
R G F O L K H O R R O R A Y R R B P H A
K Z T R D H E I U L Z E B T S Q A O N Z
K Y D R A H N I B O R E I G W G R T P R
Y C W M N H O W B F I K M R A R H W B Y
I N V E S T I G A T O R C N O O Q M T I
H I F N E W E C R X U R I R N D O N L I
M B W O L K N D W V I S F Y N J A F U N
A J Z I S R P Q I T M I S A X M Y H C V
L X E T I I S M U S L H L U R A I O C E
V J S A R X D A H M A S Q E D M E F O S
E N D T E C L M O F I P K P S G T C S T
L O Z P M H X B F N D C P L A N A C W I
S V Y A M U Q E A K I Y A E Q M D O B G
I E C D U U R E K W K U M B A M D M T A
R L O A S M D S E S T J B W N R Z M W T
E J Q E D I H H R I Y Q V Q S A A U T I
M I K X R J T O R K N L U A X T W N T O
M A P B O K J T T B P Z V U X T T E C N
U Y E B L F X Q S C O T L A N D Y Z J E
S H O C E L T I C P A G A N I S M R R V
```

The Haunted Garnet Ghost Town

The Garnet Ghost Town in Drummond, Montana, is considered the state's best preserved ghost town. Dating back to 1895, the town was named for the ruby-colored, semi-precious stones found in the mines nearby, yet gold was the main draw for the prospectors who came to the town. But only ten years later, the mining began to dwindle; Garnet was a ghost town by the 1940s. Today, it draws ghost hunters, who say Kelly's Saloon is the most haunted building in town. The sounds of music, laughter, and slamming doors are often heard in the empty building.

ABANDONED	HAUNTED TOWN
APPARITIONS	KELLY'S SALOON
DRUMMOND	MINERS
EMPTY BUILDINGS	PHANTOM LAUGHTER
GARNET GHOST TOWN	PHANTOM MUSIC
GHOST HUNTERS	PROSPECTORS
GHOSTS	SLAMMING DOORS
GOLD MINE	WELL PRESERVED

```
A P P A R I T I O N S P X X H Y F N D N
Q U G E Z T M I N E R S G G R W X N R O
Y S R O O D G N I M M A L S H T O E G U
D S C M O T V V U J A H S A Z M T Z R Y
E G D O Y G M A B G C R U Q M H X R O L
N H Z E V G E M Q F O Q F U G C M N V E
O O D D V K A G D T A I R U G C S N L U
D S V G B R H R C G A D A J H R G K V F
N T D Y D O E E N F M L U A B P N L N
A H Y Z S Z P S I E M M U E H P I D O U
B U Z T E S G X E O T N S A X Q D O B L
A N S L O B D O T R T G N A Y D L Y G A
N T A R H J D N L E P T H A U A I M S I
Z E P P K S A L D D O L Y O S E U K A D
V R D K Q H W T A M M F L S S Q B D C W
E S Z D P T O T M N N I Y E R T Y G N Y
Z X O N O W R U J S K L N C W Q T M K J
R Y A C N Z S F U P L Q Q E Y F P O N L
S R R K A I C E D E Y W A I J J M O W G
V T E Q C G E O K S M G N R V U E V Z N
```

Answers on page 160.

Answers

The Shining (page 4)

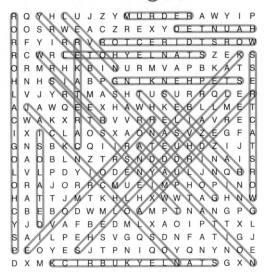

Candyman (page 8)

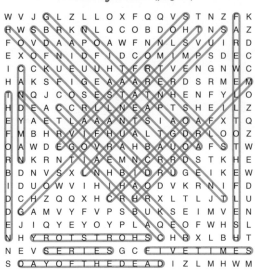

The Haunted Rock Run Mine
(page 6)

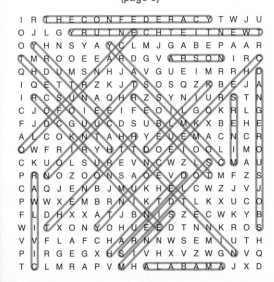

The Haunted Historic
Anchorage Hotel (page 10)

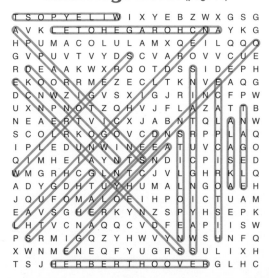

Answers

Videodrome (page 12)

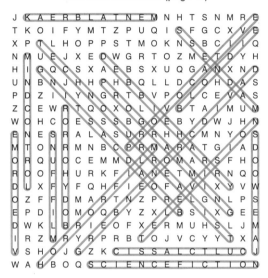

The Haunted Boot Hill Cemetery (page 16)

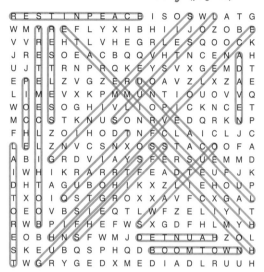

The Haunted Hotel Monte Vista (page 14)

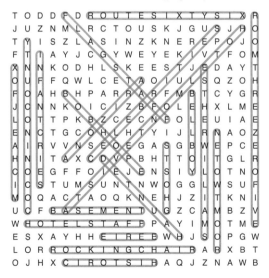

It (page 18)

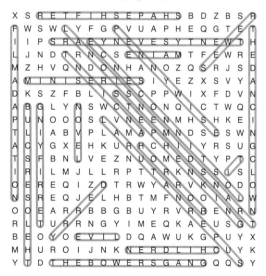

Answers

The Haunted Skirvin Hotel
(page 20)

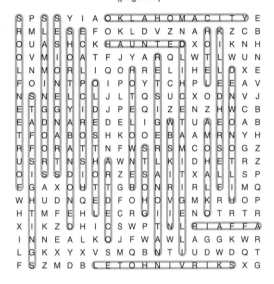

The Haunted Hoover Dam
(page 24)

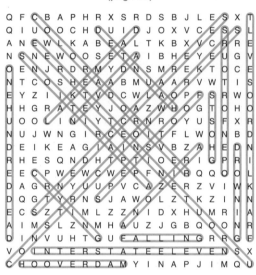

The Haunted Bird Cage Theater (page 22)

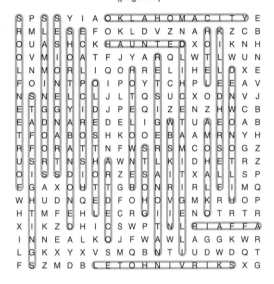

The Haunted Bullock Hotel
(page 26)

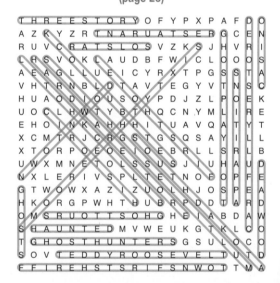

Answers

Drag Me to Hell (page 28)

```
R N C Y N N T S N A V J J W O J A N F Q
S S E N E V I G R O F N A O L J P M D H
U H F F O L K L O R E V J L W E S H S A
V U S W A K Z G Y Q C L A V S X N V R L
M Q K I N K D E J W K R D I F E O V O L
Y S M B U L M E G O U Y V Y N H I P U U
N A I R B O X J M T Y D E S Y O S K J C
L P A T H B O J A O A F C M H N I N J I
C I O K A Y D N L L N C S R O D V A M N
U Z R S O R R R A G S S S M Z O E M V A
R D R R S E O U A Y Q T I N V P L O B T
S S L P P E T P A G I V X B A L B W U I
E O D U I I S D R N M P R U V K I Y N O
D I S N R M E S E O O E N N W I R L S N
C X P I P E I B I S O T T A J H R R P S
D V P L R O A A R O I Y O O N T O E N I
U S K H R N E E R N N L D M H F H D J R
O K T B K J Y U G M J I O E K E K L W G
F N Z E T C M F K J A F Y Z D K L E G B
X Y B N O X U T C Z X S K K A A Y L J G
```

The Haunted Stanley Hotel (page 32)

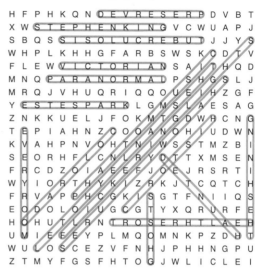

```
H F P H K Q N D E V R E S E R P D V B T
X W S T E P H E N K I N G V C W U A P J
S B Q S S I S O L U C R E B U T J J Y S
W H P L K H F G F A R B S W S K C D T V
F L E W V I C T O R I A N S A I T H Q D
M N Q P A R A N O R M A L P S H G S L J
M R Q J V H U Q R I Q Q O U E I H Z G F
Y E S T E S P A R K L G M S L A E S A G
Z N K K U E L J F O K M T G D W H C N G
T E P I A H N Z C O O A N O H I U D W N
K V A H P N V O H T N I W S S T M Z B I
S E O R H F L C N L R Y D T T X M S E N
F R C D Z O I A E E F J O E J R S R T I
W Y I O R T H Y K I Z R K J T C Q T C H
F R V A P H C G K I S G T F N I I Q S
E O D O L O I U G C G T Y X Q R U R F E
H O H U T L R N T R O S E R H T L A E H
U M I E F E Y P L M Q O M N K P Z D H T
W U L O S C E Z V F N H J P H H N G P U
Z T M Y F G S F H T O G J W L I C L E I
```

The Haunted Battery Point Lighthouse (page 30)

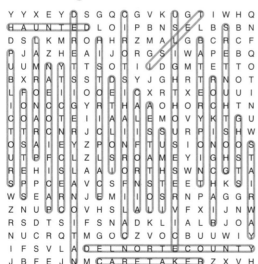

```
Y Y X E Y D S G Q C G V K U G I I W H Q
H A U N T E D L O I P B N S E L B S B N
D S L K M R O H H R Z M A L G B C R C F
P J A Z H E A I J O R G S I W A P E B Q
U U M N Y T T S O T I L D G M T E T T O
B X R A T S T D S Y J G H R T R N O T I
L F O E I I O O E I C X R T X E O U I N
I O N C C G Y R T H A A O H O R C H T N
C O A O T E I I A A L E M O V Y K T G U
O S A I E Y E Z P O N F T U S I O S H W
U T P F C L Z L S R O A M E Y I O T C A
R E H I S L A A I O R T H S W N C G T A
S P P C E A V C S F N S T E E T H K S I
W S E A R N J E M I I O S R N P A G G R
Z N U P C O V H S L A L I V F X I J N W
R S D T S I F S N A D K L I A L B J O A
N U C R Q T M G O C Z V O C B U U W I Y
I F S V L A D E L N O R T E C O U N T Y
J B F E J N M C A R E T A K E R Z X V H
```

Paranormal Activity (page 34)

```
Z V T U B E D L A I R O T C E R I D N W
U O Z L F O U N D F O O T A G E C Y S R
G O Y Y D E S A E L E R E R B R H T U M I
C D N Y B R C O X L S V A J O I C H P T
O W M E U J U V H Q I T I M V C M S Y T
P B B D V R T G R L W X E I E L O G U E
A S D L H X K Z P O V S T S I U H N D N
R P J T P Z V R L T U C S F I Y G I W A
A H U O Y S E E E R A F T J X Y S D M A
M U P M S S P A V L U N A H R K U N L D
O U L I E N N E A L E B A O L G P E I D
U T Y N E L I M F D O Z T L P I E E F I
N L C R J L R R N A B S P L Z D R T R I
T E O Y L O A E R I T A E D G O N A O E
U S L A N N P D B S X D D F L I A N R C
I A N A C E M U O W A O A S U J T R R T
I C R H D R L H O R N F M A V L U E O E
E A I N B F G A Z V H L E L W D R T H D
P S U Y O G I D Q I R S R B D P A L E L
E X X A Q M G E I Y P E M I D E L A J S
```

Answers

The Haunted Arlington Resort and Spa (page 36)

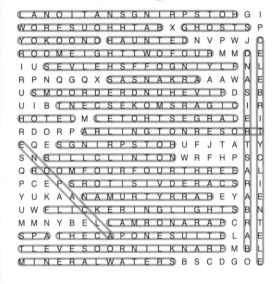

The Haunted Alcatraz Island (page 40)

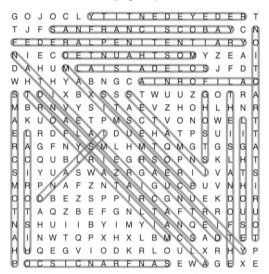

The Haunted Allen House (page 38)

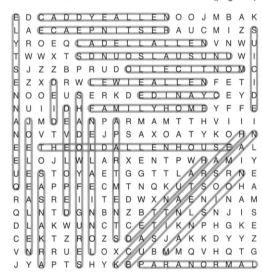

The Haunted St. Elmo Ghost Town (page 42)

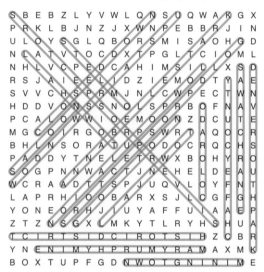

Answers

The Omen (page 44)

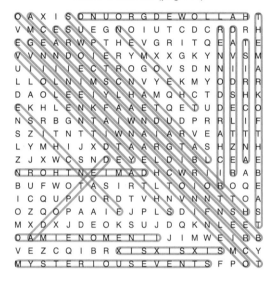

The Haunted Seaside Sanitorium (page 48)

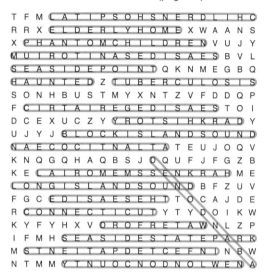

Bram Stoker's Dracula (1992) (page 46)

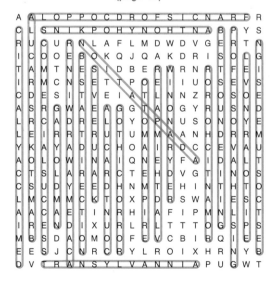

Jeepers Creepers (page 50)

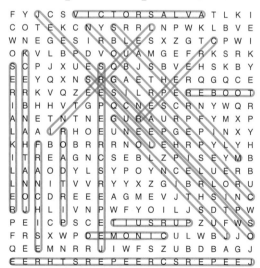

Answers

The Haunted Winchester Mystery House (page 52)

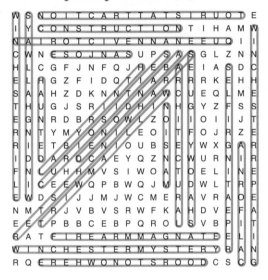

Psycho (page 56)

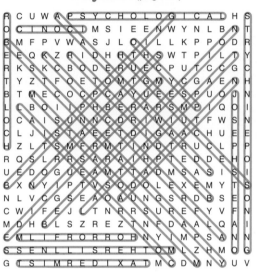

The Haunted Bara-Hack Village (page 54)

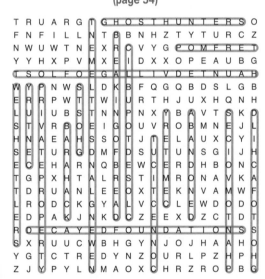

The Blair Witch Project (page 58)

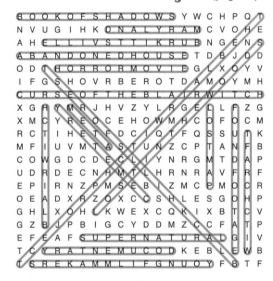

Answers

The Haunted Castello di Amorosa (page 60)

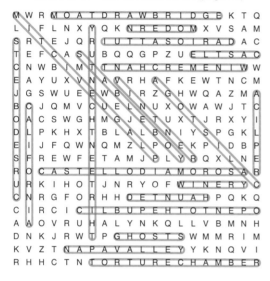

Let the Right One In (page 64)

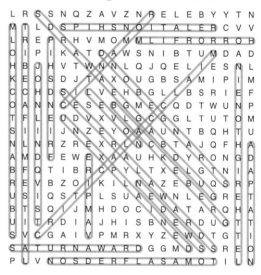

The Haunted Bell Witch Cave (page 62)

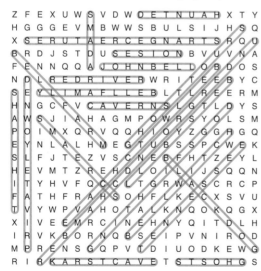

The Haunted Heceta Head Lighthouse (page 66)

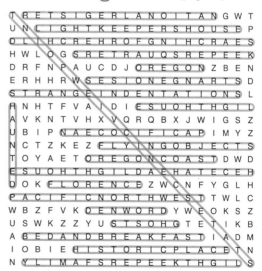

Answers

Invasion of the Body Snatchers (page 68)

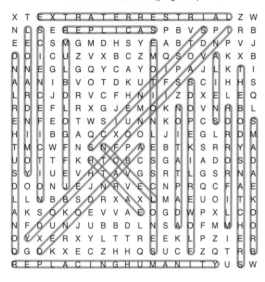

The Haunted Old York Burying Ground (page 72)

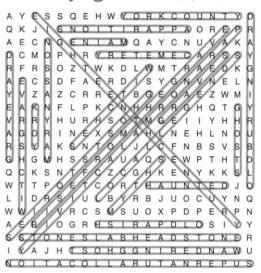

The Haunted Molly Brown House (page 70)

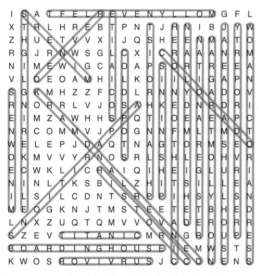

28 Days Later (page 74)

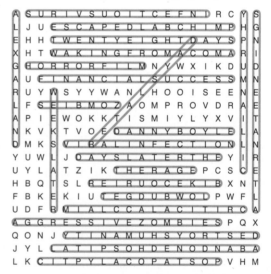

Answers

The Haunted Dr. Samuel A. Mudd House (page 76)

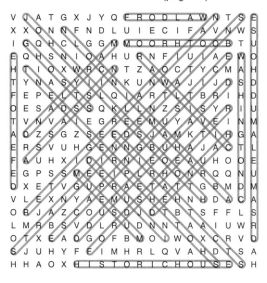

The Blob (page 80)

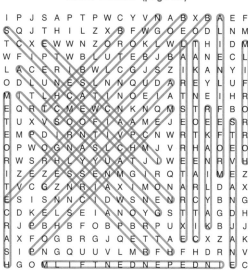

The Haunted Antietam National Battlefield (page 78)

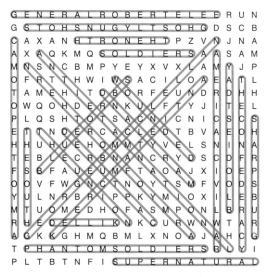

An American Werewolf in London (page 82)

Answers

The Descent (page 84)

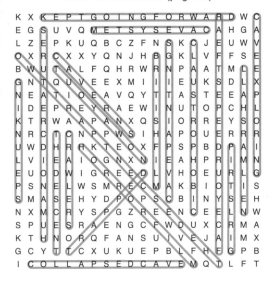

Creature From the Black Lagoon (page 88)

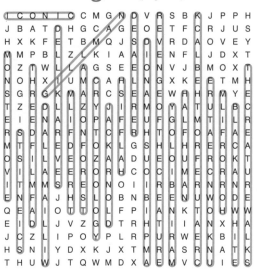

Pet Sematary (page 86)

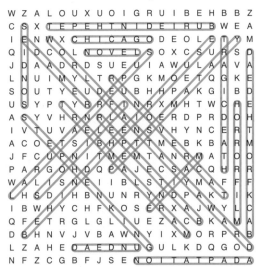

Poltergeist (page 90)

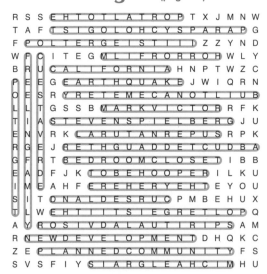

Answers

The Haunted Eastern State Penitentiary (page 92)

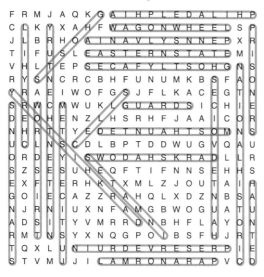

The Witch (page 96)

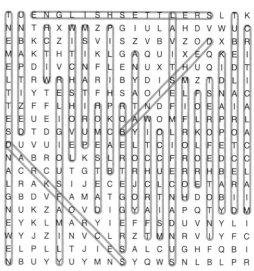

Hereditary (page 94)

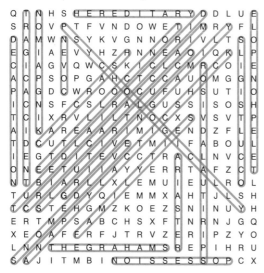

A Nightmare on Elm Street (page 98)

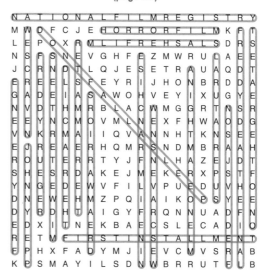

Answers

The Birds (page 100)

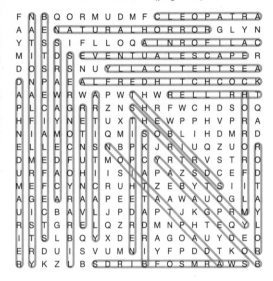

Evil Dead II (page 104)

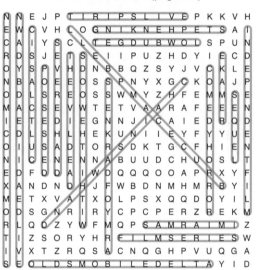

The Haunted Hotel Bethlehem (page 102)

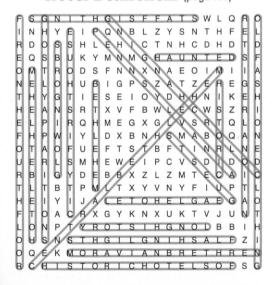

The Haunted Masonic Temple (page 106)

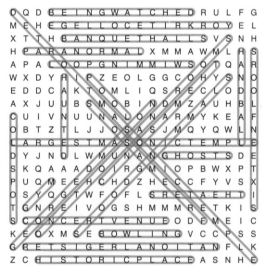

Answers

The Wabasha Street Caves
(page 108)

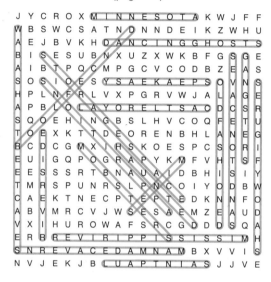

The Thing (page 112)

```
Y E B I L L E S S U R T R U K Y M J L V
G Y V O E R E H T S E O G O H W L F O T
J Y E D O G N B A X O A Q O D R G S D M
M O N P A R A N O I A X U D H X E S O H
D I H L A I R T S E R R E T A R T X E A
G Q M N A S S I M I L A T I N G L X J B
Z C R I C E U P J B C A H V F J E O V H
I B E C A S I S Y N I F R O A H X K K
E S Q W T N R N R T G Y S D O N Z C Q E
A A W L A I A R E P L T I C L D R L U T
L Y S L I C C A N C W A H A A G W R H
I C P A B T S R N E T M K P T O T B T D
M T U M I A A T F A P E T O D E A E D A
I L Y C S S T N C B L E R D B S H K D V
B U A X I G I J E Y D L E C D M O T O I
C C Y T O X Q L H L P L L E S C A P E D
E K E D W P L P K A S G L I B H D X U V
Z K M S I J I K J D O A L W B P E Q O B
I Q Q D R I N A L I E N L I F E F O R M
```

The Silence of the Lambs
(page 110)

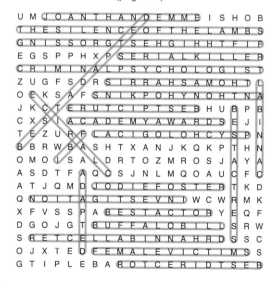

The Haunted King's Chapel
Burying Ground (page 114)

```
K I N G S C H A P E L B U R Y I N G Z K
F K I N G S C H A P E L C C Q C C H M L
I S D Y G E L Y R E T E M E C O R A N G
R E N N R P W V V Y F M E U L F S K N E
S V O M U D E T N U A H I O B S S T E H
T E U T O L V R C Z V N K A T J R W X
E N S F M I R E R G A I D C S O F E E
U R E B L R V R E G T Y U H N Q S I O G G
R O E V E R E T Y S N S G W T Z U S N L S
P N F D S X E Y C E I I D Q T L P T A J
E T A S N T A D T H N Y H G I I T S N O
A H R C A J T O T I R W I Z W T D H
N C A R T I S N H M S L N U E Y P R R N
W E Y E I L R R D T H T P B J H E H C
O N E A R P O S O D O R M O M B D E R O
M T V M U P O R C J O Y A I N O Y T T M
A U A S P Y I I T I Q R E I G G C I K T
N R R N D C B U B M H G M Z L B F L H O
F Y G E N G L I S H S E T T L E R S L N
```

157

Answers

The Haunted Zombie Road
(page 116)

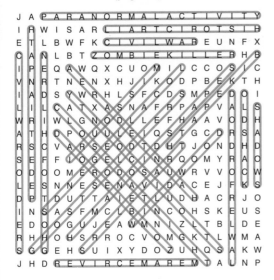

The Haunted Hawthorne Hotel
(page 120)

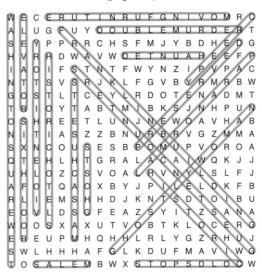

Hellraiser (page 118)

The Ring (page 122)

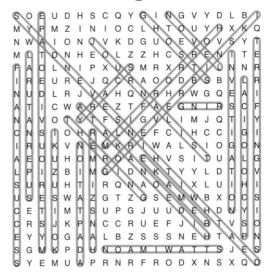

Answers

The Haunted Henderson Castle (page 124)

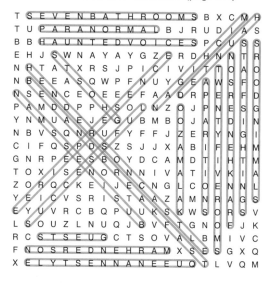

Us (page 128)

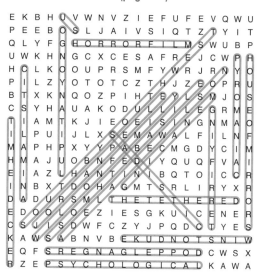

Get Out (page 126)

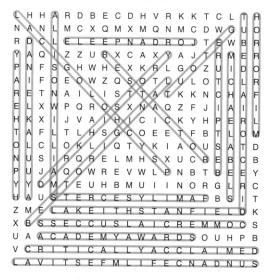

The Haunted House of Seven Gables (page 130)

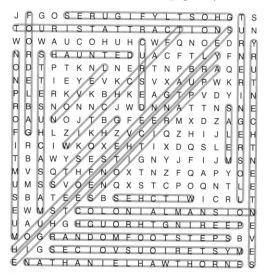

Answers

Alien (page 132)

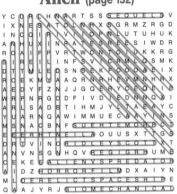

The Haunted Governor's Mansion (page 134)

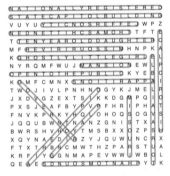

Night of the Living Dead (page 136)

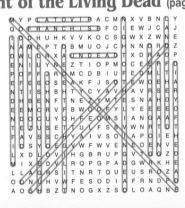

The Haunted Stoney Baynard Ruins (page 138)

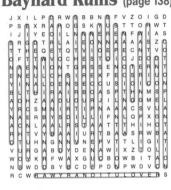

The Wicker Man (page 140)

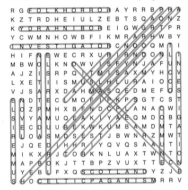

The Haunted Garnet Ghost Town (page 142)

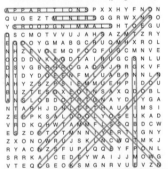